IMMORTAL-DEAD SOON III
MANIAC 1.000.000 EIGENFIKKUNG

In dysem Buch gehts um

MANIACISM
1.000.000

Um Leute, dy sich nichts sagen lazzen, von nymandem.
Also: Nicht um Leute wy dich, dy sich hyr ein Vorwort durchlesen
und sich erklaeren lazzen, wy man was handhaben soll.

Also: Leg das Buch weg. Gibs zuruekk.
Das hyr is nichts fuer dich. Hol dir was anderes.

-

Berlin 27.07.2014

Abb. 001

01.

Alles wahr. Ich schwoere.

-

02.

Wy es so weit kommen konnte? Langsam kristallisyrt sich, wy es so weit kommen konnte: Weil: Am Anfang hatte ich noch mein Schwaeche < Kraft-Sensor und wuzzte immer sofort, was gut ist und was mittel und was schlecht. Und ich hatte alles geordnet und war schnell und konnte agyren und hatte alles unter Kontrolle. Und es gab klares Ja und 1.000-faches Nein. Und ich war stark und entschyden und voller Ablehnung und nahm jede Entbehrung in Kauf. Weil: Eigentlich war ich auch ein Moench mit Glatze plus kleinem Zopf und kaempfte in meinem orangenen Alcatraz Anzug fuer dy Sache. Und meine Sache war wichtig und muzzte gemacht sein: Dy einzig wahre Wahrhaftung. Aber als dann irgendwann dyse ganzen Grauabstufungen von auzzen dazu kamen, dyse Verschybungen meiner Ordnung, hat es mich jedes Mal vom 100° Hitze-Feuer in ein Bodenloch voll Eiswazzer gestozzen. Und es wurde alles zu vyl und unueberschaubar. Und Verwirrung wurde grozz und immer groezzer und der Schwaeche < Kraft-Sensor war in staendiger Ueberforderung. Und dyse Bastarde DOUBT und ALIENTHOUGHT und BORDER-FADER ueberfylen mich immer regelmaezziger. Und Entscheidungen wurden schwyrig und zu bedeutend und ich traute mich nichts mehr und ploetzlich sumpfte ich im Abkakk und verfyl in dy Schokkstarre und war hyr.

-

03.

Am Anfang krueppel ich rum und gukk wy es dy Aelteren machen und will wy mein BABBA STEINFELS sein und mach Versuche in seine Richtung. Und mein BABBA gukkt und

Abb. 002

Abb. 003

Abb. 004

Abb. 005

Abb. 006

Abb. 007

Abb. 008

Abb. 009

Abb. 010

erkennt was und sagt was Krazzes. Und es ist das Krazzeste, was er bis dahin und seitdem gesagt hat: *KEVIN, hoer mal zu, du weizzt ja, du hast Talent. Du bist ganz gut, aber wenn du so weiter machst ... Das wird nichts. Warum machst du es nicht nach deiner Façon? Es muzz doch alles irgendwy weiter gehen. Probyr es mal im einzigartigen Stil des KEVIN KEMTER (...)* Und weil ich gehorsam bin, folge ich und mach das Gegenteil wy sonst. Und ohne es richtig zu merken, fang ich an, an der grozzartigen Grozz-Gunst meines BABBAS zu kratzen und sy kaputt zu machen: Sein Handwerk und alles, wofuer er steht und was er aufgebaut hat. Und ich zerstuekkel sein Monument und setz alles krumm und schyf wyder zusammen und lazz vyl weg. Kein Schmukk. Nichts Unnuetzes. Und ich zoom in dy Details und geh nach dem Fun Faktor.

Und Fump: Nr. 1 ist fertig und macht Sinn. Und ich gukks mir an und denk: *Boom Shukalaka:* an den KEVIN-KEMTER-Style. Und bei dysem Gedanken eroeffnet sich mir zum ersten Mal: Eine endlos, glatte Wuestenflaeche ohne Huegel und Duenen und Hindernizze. Eine Flaeche, dy mir alles erlaubt und am wenigsten einschraenkt. Und es fuehlt sich gangsta an und mein Puls schlaegt und ich streich mir meine Haende an der Hose, weil: Sy feuchten. Und ich will gerade Nr. 2 anfangen, aber mein BABBA klopft an der Tuer und will was und kommt rein und kommt naeher und gukkt und versteht nichts und meint: *KEVIN, so geht das nicht. Du verstehst hyr was falsch. Da machst du es dir zu einfach. Das ist doch nur Zerstoerung und Zerstoerung ist kein Aufbau (...)*

-

04.

Und ich versteh ihn nicht. Und er redet weiter und erklaert und faengt an von: Leute begluekken, Schoenheit und Zauber, Respekt und Regeln und dazz Gunst dy Aufgabe haette, positiv in dy Welt zu leuchten. Und ich glaub ihm kein Wort. Und ich frag Zeug und erinnere ihn an seinen Deine-Façon-Rat. Und er erwydert Sachen wy: *Das macht man nun mal so! So mache man das eben. Und so.* Und ich hab keine Ahnung von Gunst, aber so eine Vorstellung und liste Leute wy GG ALLIN und WESTBERLIN-MASKULIN auf. Und er: *Hey! Stopp! Ueber dysen Schund haben wir schon einmal gespochen. Das sind doch keine Guenstler, KEVIN! Dyse frustryrten Persoenchen sind krank. Krank und gefaehrlich. Dyse Leute senden doch nichts als Gewalt und Sadismus in dy Welt hinaus. Willst du das etwa? Willst du Kryg und Folter? Tja, dann wuerdest du aber den Kuerzeren zyhen. Schau dich doch mal an. Koerperlich waerst du kaum in der Lage, deren brutale Ordnung abzuwehren (...)*

Und ich hoere nicht mehr zu und ich sitz da und gukk weg und gukk aufs Buecherregal und les dy Buchruekken und dy Ueberschriften von dem Magazin, das da lygt. Und ich hoer nicht mehr zu, aber er redet weiter, ueber positive Beispyle. Und ich hoer nicht mehr zu. Nur halb: *BlablablablablablablablablablablablablablablaHundertwazzerhausblablablablablablaBegruenteDaecherblablablablablablablablablablablaNaturblablablablablablablaSchoenheitblablablablablablablablablablaMonetsSeerosenblablablablablablaHoffnungUndHaltblablablablaKirchenfenstervonMatizzeblablablablablablablablablablablablablablablablablablablablablablablablabla.*

Und ich kenn nichts von dem, aber ich kenn ihn und weizz: Er redet von irgendwelchem Kitsch und Wut steigt.

Abb. 011

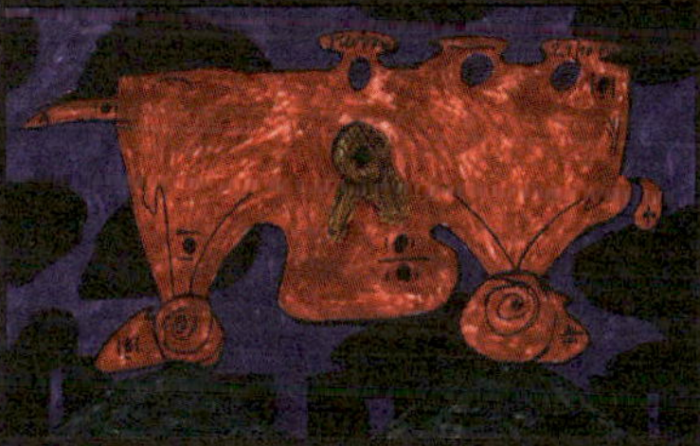

Abb. 012

Abb. 013

Und ich sitz da und fuer mich wird er immer naiver und fremder. Und er zaehlt weiter seine hellrosa Vorstellungen auf und wird immer absurder und wirrer: Zum Beispyl behauptet er Zeug, wy zum Beispyl: Ein Guenstler sei erst ein Guenstler, wenn er von staatlich offizyller Seite als wichtig befunden wurde. Und ich glaub ihm kein Wort. Und er redet weiter: von Lukrativitaet und Publikum und Markt und gesellschaftlichen Regeln, mit denen man sich abfinden muezze. Und ich glaub ihm kein Wort und schleuder meine Major-Independent-Ueberzeugungen. Und rede davon, wy Publikumszahlen nichts aussagen koennen und kein Qualitaets-Sygel seien und dazz ein Guenstler nicht zwangslaeufig Publikum brauche. Und er faengt auch an zu keifen und schreit wyder Zeug von Familie ernaehren und Fairnizz und Gesellschaft und ich rede gleichzeitig von parasitaeren Taktiken24, um an dyser Gesellschaft nicht teilzunehmen und er fragt, was dy Leute mir getan haetten und warum ich mich vor allem so verwehre. Aber ich will dyses Gespraech nicht mehr fuehren. Und ich will seinen Drekk nicht mehr hoeren und rangel ihn aus mein Zimmer und er machts und verlaezzts.

-

05.

Und dy naechsten Wochen / Monate kontakten wir nicht. Weil: Er ist dumm und faul und feige. Und ich verrygel mein Zimmer mit dem kleinen Vorhaengekettchen und mach Hausaufgaben und Beichnungen und komm Idealbeichnungen naeher. Und vertyfe, weil: Ich lese amerikanische Maniacs 1.000.000 und deutsche auch. Aber manche Texte sind in einer reudig alten Sprache, dy mich anstrengt. Und

Abb. 014

Abb. 016

Abb. 017

ich mach mir vereinfachte Anmerkungen am Rand: in meinem Deutsch: in echter Poetik. Zum Beispyl so: *Das Game ist ueberschaubar: Als junger Gee trifft der Maniac 1.000.000 grundsaetzliche Entscheidungen: Er waehlt seine Waffen: Sein Thema, seine Technik. Das bedeutet: Er stekkt das Spylfeld ab, das er nicht mehr verlazzen wird. Er macht sein Thema zu seinem 4life-Thema.* Und solches Zeug. Aber um so mehr ich lese, um so mehr kryg ich Angst, weil: Irgendwy stroemt zuvyl rein und ich verrygel den Staudamm und leg dy Buecher wyder weg. Stattdezzen denk ich an: bewuzzte Naivitaet und an Cyberspace: www.no-knowledge.com.
Und mach eigenes Zeug. Auf Gebyten, auf denen ich noch blanco bin. Und das sind vyle. Wy zum Beispyl: Sturzgedichten verfazzen.

Und jeden Freitag- und Samstagabend geh ich zur Videothek und leih mir Waldvideos aus. Und dy Geschichten sind immer gleich: Der Mann lebt am Fluzz, allein, und sein einziger Freund stirbt am Ende: Der wilde Wolf.

Und jede Freitag- und Samstagnacht pakk ich meine Sachen und bring ein Waldvideo zuruekk und bleib drauzzen und mach: Graff-Vandalisyrungen und Nachtwanderungen. Weit: All City. Alle Bezirke. Und ich marschyre alle Levels: Himmelsebene, Strazzenebene und alle Tunnel der unterirdischen Hoellenebene. Und ich schwitze, weil: Ich schlepp Taschen und Eimer und Stangen und Leitern dy Spandauer Schottergleise lang und bleib kurz stehen und mach Pause und leg mein Gepaekk ab und gukk hoch und atme tyf. Und dy Luft ist sauber und kuehl und oben zyhen Schattenwolken schnell am Mond lang und ich weizz, dazz es das ist.

Und dazz ich alles richtig mache.

Und ich komm wyder nach Hause. Ohne Gepaekk. Weil: Alles alle gemacht. Und es ist ungefaehr 6 Uhr 15 und ich weizz nicht, ob mein BABBA STEINFELS im Bett ist oder was er macht. Wahrscheinlich war er bei einer Auzztellungseroeffnung zur Kontaktpflege. Oder bei einem Ezzen, bei dem Geschaeftliches besprochen wurde. Oder er hat seine Nachrichten abgerufen und beantwortet, weil mans so macht. Und ich zyh dy Matschschuhe aus und wank in mein Zimmer und verrygels mit der kleinen Kette und leg mich ungewaschen in mein durchgelegenes Nest und mein Koerper zyht sich zusammen und rollt sich ein: In dy Embrionalposition und alles wird leiser und langsamer und: Schlaf kommt und Fremd-Realitaet geht. Und ich schlaf 11 Stunden + Traum: In meinem Traum bin ich in einer Beichnung von mir und alles syht gangsta aus. Und es ist dy endlos glatte Wuestenflaeche ohne Huegel und Duehnen und Hindernizze. Und im Traum lyge ich auf einem Rollbrett und schraube und schweizze unter einem rysigen Eigenbildnizz-Flugfahrzeug. Und ich bin fertig und steig ins Cokkpit und flyg in meiner Endloswuestenflaeche dy Grenzregionen ab: Alles von mir eigenhaendig, zeitaufwendig umzaeunt und ummauert + Stacheldraht. 142 Hektar KEVIN-KEMTER-Land. Abgerygelt vor Feindringlingen. Und ihren schaedlichen Einfluezzen. Aber nach 11 Stunden: Geht Schlaf und Realitaet kommt. Und ich wach auf: Knakk. Und erinner mich an den kompletten 11-Stunden-Traum. Und dy Gardinen verdunkeln. Und ich gukk unscharf nach links: Ins Blinklicht. Und es leuchtet und ist zu hell. Aber zwischen mein Wimpern zoom ich ran und such nach Erklaerungen: Und der Doppelpunkt blinkt neongruen-digital: 17:37. Aber mehr nicht.

-

06.

Und jedes Mal, wenn ich meinen BABBA STEINFELS im Flur oder im Bad oder so treffe, gehts wyder los: Und wir bruellen und streiten und ich nenn ihn dumm und faul und feige und ich prophezei ihm, dazz ich mich fuer immer an seinen einstigen Rat halten werde. Also: Dazz ich immer alles original KEVIN-KEMTER-Style machen werde. Und dazz es in meinem Leben um mich geht. Und um mein Lust-Empfinden. Und um meine Gesundheit. Und ich prophezei ihm, dazz ich unter Umstaenden stark genug sein werde, alles allein und ohne Unterstuetzung zu stemmen. Und ich erklaere ihm, dazz ich ein Soldat sein werde, eine Ein-Mann-Armee, ein harter, egoistischer, empathyloser KEVINKEMTER-Freiheitskaempfer und dazz ich es mir gut gehen lazzen werde, auch auf Kosten anderer. Und ich monologisyre weiter und rede von Maniacism 1.000.000. Und er unterbricht und schreit, ich sei ein Schmarotzer. Und ich schrei: Schmarotzertum sei keine Unehre, im Gegenteil. Und ich rede von meiner Idealvorstellung und fang an vom Paradis-Parasid zu reden, aber er stoert und laezzt mich nicht ausreden und wir streiten ueber Schmarotzer und Maniacism 1.000.000. Und es wird immer absurder, weil er anfaengt, Fakten zu leugnen. Zum Beispyl, dazz tyrische Reude in uns ist und dazz es eine Anzyhungskraft des Boesen gibt. Und er verweigert alles und will alles vernebeln und verwischen und meint, das sei keine Herangehensweise und nennt mich: krank und so. Und ich will mich nicht erklaeren, weil ich weizz, dazz es nichts bringt, aber trotzdem schrei ich Zeug, wy zum Beispyl: Wer hyr krank ist? Und was das ueberhaubt bedeuten soll: Krank? Und dazz: Ein Maniac 1.000.000 nicht krank sein kann. Und dazz: Er eine dumme Sau ist und keine Ahnung hat. Weil: So was wy

das hyr koennte kein irrer Zych mit blutender Vor-Stirn, der hyr Kakkegeruch versprueht.
Weil: Dafuer muzz man zu vyl im Fokus behalten. Ein Sache auszufuehren, ohne ueberall auszuschweifen und abzubrechen, dazu waer kein irrer Zitter-Zych im Stande, der sich nicht konzentryren kann und nichts im Fokus behalten kann. Und auzzerdem: Ein richtig irrer Zych haette ueberhaupt kein Bokk auf so was wy das hyr. Und dabei zeig ich auf meine Beichnung Nr. 55 und mein BABBA gukkt und meint: *Syht Scheizze aus!* Und er hat nichts gerafft. Und er hat nicht gerafft, dazz es hyr nicht um Aestethik oder Schoenheit geht. Oder wy etwas auzzyht.

Aber ich erklaer micht nicht mehr: Zu langwyrig, zu kraftaufwendig. Stattdezzen form ich erstmals meine neue Gewohnheit und dreh mich von ihm weg und sag mit zusammen geprezztem Kyfer-Bizz: *Halt-dy-Frezze Lazz-mich-in-Ruhe.* Weil: Schon alleine dyser Erklaerdrukk, dyse Situation, laezzt Wut steigen. Und wyso sollte ich? Warum solls irgendjemand verstehen oder nachvollzyhen? Weil: Ich scheizz auf alle. Weil: Genau darum gehts: Maniacism 1.000.000 bedeutet: Keine Bestaetigung zu brauchen. Keinen netten Schulterklopfer. Kein Applaus. Es geht darum, Sachen zu schaffen und ihnen ganz alleine eine echte, vollwertige Existenz zu geben und keinen Fikk zu geben, ob man der Einzige ist, der sy syht. Zum eigenen Gebrauch. Zum eigenen Vergnuegen. Zum eigenen Zeitvertreib. Fuer das Summen waehrend der Durchfuehrung und fuer das Warme danach. Ungefaehr so: Beichnung machen, Beichnung unterm Kopfkizzen verstauen, Kopf aufs Kopfkizzen legen, schlafen. Das bedeutet: Maniacism 1.000.000 ists, wenn der Produzent auch gleichzeitig der einzige Konsument ist. Aber mein BABBA STEINFELS meint nochmal: *Syht Scheizze aus!* Und er hat nichts gerafft. Und er hat nicht gerafft,

Abb. 018

Abb. 019

dazz es hyr nicht um dyses eine Exemplar geht. Und er hat nicht gerafft, dazz man das nicht an einem bewerten kann. Man kann sich nicht einen Baustein aus einem Maniac-1.000.000-Komplett-OEuvre zyhen und ihn bewerten. Das ist wy: aus einem durchgehenden 1.000.000-Seiten-Text Zeilen zu pikken und den Rest unzubeachten. Man muzz es im Zusammenhang sehen. Es sind nicht umsonst nummeryrte Aktenordner:

Jahr	Autor	Titel	Traeger	Bemerkung
1997	TAKTLO$$	BattleReim Prioritaet	Kazzette	-
1999	TAKTLO$$	BRP 2	Kazzette	-
1999	TAKTLO$$	BRP 3	CD	-
2000	TAKTLO$$	BRP 4	Life CD	-
2001	TAKTLO$$	BRP 7	CD	Indizyrt
2004	TAKTLO$$	BRP 56	CD	-
2014	TAKTLO$$	BRP Unendlich	CD	—

Es sind berharrlich wyderholte Prinzipyn. Und ich sitz vor ihm und dreh mein Gesicht weg und heule und lache und kann nicht mehr in seine Richtung gukken, aber dyse Ueberlegenheit steigt hoch, weil: Mein Schwaeche < Kraft-Sensor bei ihm anschlaegt und pypt. Und mein Schwaeche < Kraft-Radar laezzt dyse hellgruenen Signalpunkte auf seinem Koerper aufblinken. Aber er merkts nicht und lehnt sich zuruekk mit seinem Buddahgesicht und haelt an seinem Standpunkt fest und tut so, als wuerde unter ihm nichts broekkeln. Aber er hat nichts gerafft. Und fuer mich syht er schlagartig nakkig und klein plus kahl aus. Und ich bin im Modus und hakk zum letzten mal rein und schleuder meine pubertaeren Sinnfragen und fordere Definitionen von Kreativitaet und auch von Freiheit und vor allem von

Grenzen und so. Und er antwortet und stottert und panikt, weil er merkt, wy er sich wyderspricht. Und alles in ihm blokkyrt und er gibt nur noch Geglukkse von sich. Und fuer mich strauchelt er und fuer mich faellt er in sich zusammen. Und vorher dachte ich immer, er sei ein Steinfels, dem so was nicht pazzyren kann. Und er lygt da und redet feige kompromizzbereit und nimmt Drekk als gegebene Steinfelse hin, als wenn man Zeug nicht fuer sich aendern koennte. Und fuer mich wird er bei jedem Satz blazzer und bei jedem Fehlwort blutleerer und seine Haut wird duenn plus trokken und zyht sich zusammen, und ich steh auf und gukk zu ihm runter und bekreuzige mich und wende mich ab und verlazz dy Buehne.

-

07.

Ich weizz noch: Ungefaehr zu dyser Zeit aendert sich was bei mir. Ich weizz nicht: Irgendwas draengt. Und irgendwas draengt mich ploetzlich jeden Schultag als Wettbewerb in den Disziplinen Tuffnizz und Krazzheit zu sehen. Und ich bin gut. In beidem. Aber DOMINIK BENEKE ist noch bezzer. Und anfangs gehts noch und wir haben ein freundschaftliches Lehrer-Schueler-Verhaeltnizz. Aber er ist immer bezzer und ich fuehl mich toy neben ihm. Und ich zaehl mit: 23, 24, 25, 26. Und weil er grozz ist und breit, hat er vyl Flaeche zum verstekken und ist Profi und rakkt 18 Cans auf Body-Rakk: Sprengstoffguertel. Und ich rakk nur 6 und fuehl mich toy neben ihm: 27. Und als er dann Muellerstrazze bei Kaisers 2 Flaschen Kleiner Feigling rakkt und 2 Haeuser weiter im Doener verkauft und 12 Mark dafuer krygt, und dann wyder 2 Haeuser weiter: Burger King, mich einlaedt

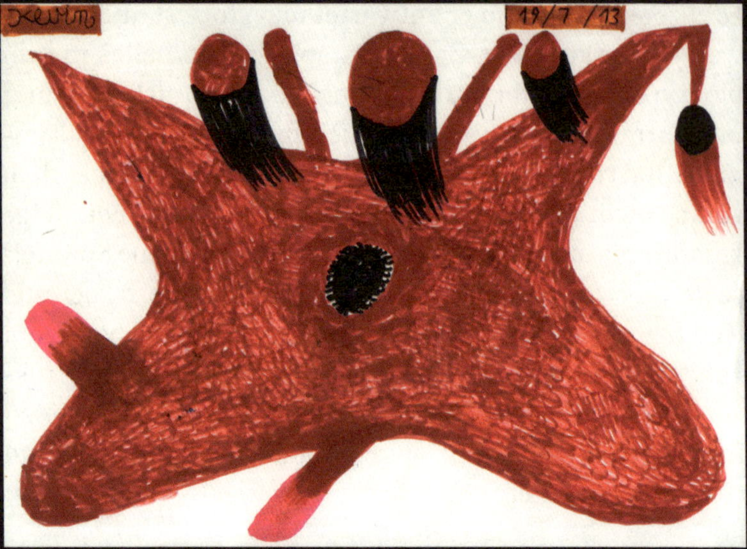

Abb. 020

Abb. 021

Abb. 022

Abb. 023

Abb. 024

Abb. 025

Abb. 026

und wir jeder ein Whopper Menue mit Pommes und Cola ezzen und es geil schmekkt, fuehl ich mich toy neben ihm: 28. Und als wir aufgegezzen haben: Burger King auf Klo: Sein THE DOME Tagg: so gut: 29.

Und ich zaehle mit. Und als ich mich 67 Mal toy neben ihm gefuehlt hab, draengts mich, in ihm nicht mehr einen Kumpel oder Lehrer oder Partner zu sehen. Und ich frag mich, ob er denkt, er sei auf einer hoeheren Ebene. Und ich frag mich, ob ich ihm unterlegen bin und ich denke an: Ja. Aber das werde ich jetzt aendern. Und nach 67 Mal Toygefuehl gehts nicht mehr. Und ich beschlyzze was. Ich beschlyzze, unser Hyrarchyverhaeltnizz umzukehren. Ich beschlyzze, an seiner hoeheren Ebene vorbei zu schnellen. Ihn zu ueberholen. Und ihm von meiner flygenden Stahlplattform plus Glasglokke aus Ansagen zu machen: Es sei 5 vor 12 und so. Und ich beschlyzze, ihn ab jetzt immer zu toppen. Und nicht nur ihn. Alle. Ich werde alle fikken.*

* Einschub:
Alle fikken: Ganz natuerlich, ist Fortpflanzung. Weil darum gehts. Sogar mein BABBA STEINFELS meint, es geht um Bezzersein, um Erstersein. Und da haben wir Konsenz. Es geht um Kampf. Und ich fikk alle. Weil: Ich bin stark und mutig und dominant und risikobereit und angriffslustig und hab Bollo und bin ein Raubtyr. Und mein Bollo will lenken und leiten und ist immer auf Modus: Boxxxer und Sexxxer. Und mein Bollo schreit und nervt und jammert und gibt keine Ruhe: *Boxxx ihn! Sexxx sy! Boxxx ihn! Sexxx sy!* Aber ich hoer nicht hin und lazze mich nicht in dyse tyrische Versklavung sumpfen. Nein, stattdezzen lenk ich dy rote Bollostrahlung gezylt in andere Kanaele. In Rat-

ten-Kanaele. Das heizzt: Ich nutz den Boxxxtryb: Aber boxxx nicht. Und das neue Gehirngespenst, dazz sich mit Namen ALIEN-THOUGHT vorstellt, fluestert zischend, verschwoererisch: *Scheizz auf 1on1 / Face2Face: Fuer dyse Affenscheizze bist du vyl zu gangsta.* Und ich glaub ihm. Weil: Er hat Recht: Weil: Lyber schybe ich meine Digital-Avatare auf dem Berliner Stadtplan hin und her und besyge alle im Parallel-Game. Und den Sexxxtryb nutz ich auch: Aber ich sexxx nicht. Und im Nachhinein weizz ich: Es war damals auch schon ALIEN-THOUGHT, der mir ins Ohr gekitzelt hat: *Verkapsel das alles und leg Dekken rueber und beschwere dy Dekken am Rand mit Steinen.* Und ich machs. Weil: Er hat irgendwy Recht. Weil: Ich scheizz auf 130 Muschys. Dy Trybe treiben an, aber dy Zyle werden ausgetauscht, neu verknuepft. Und ich mach 130 Beichnungen. Und jede Einzelne fikkt alles. Und ich hab dy Ratten-Skills und ich nutze sy und bin perfide und unsichtbar und unbustbar. Und ich rakke fuer 130 Mark am Tag und mach 130 Festungen im Halbjahr und gebe keinen Fikk. Und mein Buch hat 130 Seiten und du weizzt: Es fikkt dich.

-

08.

Und ich lauf rum und sammle das ganze Zeug ein, dazz hyr ueberall rum lygt. Und ich hab: Kleingeld und Pfandflaschen und Farbe und Beweise fuer dy Jury vom Tuffnizz- und Krazzheitswettbewerb und anderes Zeug, das ich gebrauchen kann und Zeug, das ich verkaufen kann. Und ich lauf weiter und schyb und kryg den Einkaufwagen kaum den Bordstein hoch. Und stakker ueber Steinritzen und Kopfstein auf das Gelaende der Drukkerei und da sind wyder

Abb. 027

Abb. 028

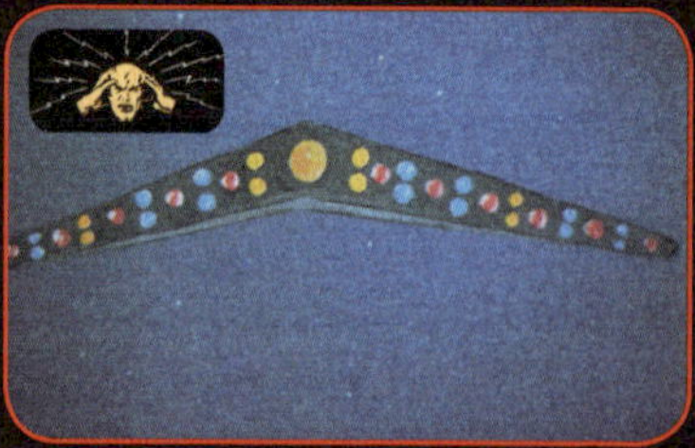

Abb. 029

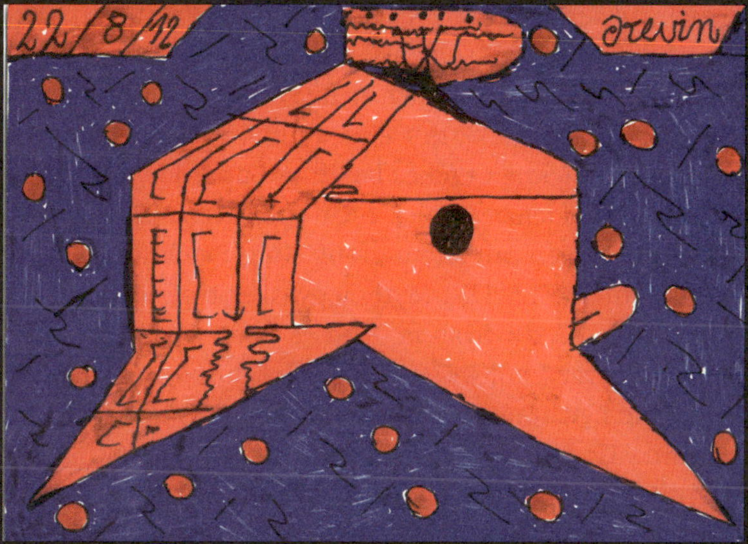

Abb. 030

Abb. 031

Boegen dikkes Papyr im Muell und ich pakk sy ein und stakker nach Hause und schlepp alles in den Keller und nach oben. Und oben setz ich mich an den Schreibtisch und trink ein Schlukk und stekk mir eine an und dreh 91,4 auf und fang an zu beichnen und es laeuft gut und flowt. Stunden und Tage. Und ich beichne k-e-t-t-e. Und ich mach Universal-Beichnungen mit allem drauf. King-Beichnungen eingebettet in dy KEMTER-Mythology, aber trotzdem mit ihrem eigenen Auto-System. Und es flowt und das weizze Blatt ist meine Endloswuestenflaeche, durch dy mein Stift heizt. Und Beichnung Nr. 30 ist fertig und ich stokk kurz und halt inne. Und ich weizz, was gut ist und was ich zu tun hab: Deshalb steh ich auf und dreh 91,4 aus und mach mir nazzes Klopapyr mit vyl Wazzer in dy Ohren und lazz meine Ohren mit Wazzer verstopfen: Und es rauscht. Und ich setz mich wyder an den Tisch und fang Beichnung Nr. 31 an. Und mein Atem ist jetzt laut. Und jeder meiner Atemtoene plus kleinen Stoehner sind so laut und wichtig und ueberdekken alles Fremde, das es nicht gibt. Und ich beichne schnelle duenne Linien und fuer mich mach ich dy Laser-Geraeusche dazu: *Tjiu, Tjiu, Tjiu.* Und es ueberdekkt alles und ist so laut und wichtig. Weil: Meine Linien sind Speerstichlinien, sind zischende Langmezzer, dy genau treffen. Genau ins aengstliche Auge von fluechtenden Wichsern. Und alles ist erlaubt und keiner kann kommen. Und Drekk, der explodyren soll, explodyrt auch. Und Oel brennt und Oelfelder brennen und Oelraffineryn brennen. Und alles flygt. Und jeder Partikel ist in Bewegung und Staub wirbelt und Rauch raucht und Stahl glaenzt. Und ich heitze gemeinsam mit meinen 27 unbemannten, windschnittigen Automatik-Flugfahrzeugen, voll intelligenter Technik, in 3-Ekksformation: Ich an der Spitze. Mattschwarze Gehaeuselakkyrung. Chromfelgen. Und ich hab mein Seitenfenster auf und schrei ins

Headset und hab dy Kontrolle. Und halte Aus-Schau. Und am Horizont ist ein Hindernis in Sicht. Was Fremdes und ich habs im Fadenkreuz. Und wir werden langsamer und meine Linie rukkelt. Vor und zuruekk. Rein-Raus. Hart und bestaendig. Schlagbohrer: Direkt durch alle Betonmauern. Durch alle Verkrustungen. Und es krakkt und splittert. Und ich vergroezzer das kleine Hakkloch bis es so grozz ist, dazz ich in Formation durch pazze. Und es geht. Aber ich flyg erst weiter, wenn von dem Pfusch nichts mehr zu sehn ist – und von dem Pfusch ist nichts mehr zu sehen und ich surre mit 346 Pferdestaerken weiter. In Formation. Und schleuder Power-Balls. Pausenlos. Punktgenau. Boom.

Und wyder ist eine Beichnung fertig und sy ist ein Boxxx in deine Frezze. Und mit Hornhautschwylen am Zeigefinger folgt sofort dy naechste und dy gibt dir eine Schelle hinterher.

-

09.

Und das Wazzer aus meinen Ohren-Pfropfen verdunstet und rausfallen: trokkene Pappmaschee Ohrmuschelabguezze und ich hoer wyder fremd. Und ich sitz da und auf 91,4 kommt schon wyder Nachrichten, dazz bedeutet: Es ist schon wyder eine Stunde vergangen. Und ich muzz los: Zum Spaeti: Byr- und Cola- und Kippen-Nachschub holen. Und Taggs machen. Weinrot mit Fatcap. Und ich schreib nicht mein Name, ich schreibe ausgedachte. Neue. Ich schreib: 2FACE auf den Stromkasten. Dann mach ich einen CATCH22 Tagg auf dyse Tuer da. Und genau neben dy Klingelleiste tagg ich: THE KNOWING RECLUSE. Und I.C.Y. weil: Ich weizz, wyso und warum.

Abb. 032

Abb. 033

Abb. 034

Abb. 035

Abb. 036

Abb. 037

Abb. 038

Abb. 039

Und beim Spaeti ist es so hell. Und ich komm nicht klar und muzz mein Byr und meine Cola und meine Kippen mit Augen zu kaufen + einem Blinzler am Kuehlschrank und einem beim Ruekkgeld. Und auf dem Ruekkweg tagg ich weiter TIK TAK24, MONEY2, I.C.Y. Und mir ist es egal und ich geh ueber alles und mach Kreuze und Linien und Hazzzeichen und drohende Krakel auf arabisch, damit sy sich alle einscheizzen vor Angst.

Zuhause setz ich mich wyder an den Schreibtisch und beichne und schreibe abwechselnd. Das bedeutet: Wenn ich eine Beichnung fertig habe, rutsch ich ein Meter nach links auf den anderen Stuhl und schreib weiter an meiner Sturzgedichte. Einen Absatz. Und ab und zu spring ich auf und rappe dy letzte Zeile und es flowt. Und ich steh vor meiner Schreibtischekke und rappe und werde wyder unterbrochen, weil wyder irgendwas nervt und ich dreh mich zum Fenster und renn hin und schlag eine schwarz-gruene Scheizzeflyge tot. Aber ich schaffs nicht, aber sy schaffts und entwischt. Und aus dem Radio schreit es: POKODOMAENE und dann sofort: CARGLAZZ und dann: 20-PROZENT-AUF-ALLES und es strezzt und ich mach leiser und dreh am Raedchen zum Sender wechseln und es strezzt alles und ich mach aus. Und dann sitz ich und wippe im Stuhl und dy Flyge ist noch da. Da hinten. Und es ist komisch ruhig und ich beug mich vor und mach das Radio wyder an. Und auf 91,4 kommt schon wyder: DURCH-DEN-TAG-MIT-JANET-LUERDING. Das bedeutet: Es ist schon wyder abends. Und ich geh ans Fenster und mach den Vorhang weg und gukk raus und es ist dunkel. Und dabei tret ich auf eine Beichnung und ich rubbel meine Schuhspur ein bizzchen ab und schyb dy 130 Beichnungen und 35 Sturzgedichten auf dem Boden zusammen und mach einen Sturzgedichten-Stapel und einen Beichnungs-Stapel in der

Zimmerekke. Und sortyr das spaeter. Fuer Ordner Nr. 3. Und geh wyder raus.

-

10.

Und ich lauf wyder rum. Und hol mir Pommes und geh zur U-Bahn und fahr U-Bahn und gukk aus dem Fenster in den Tunnel. Und meine Augen flakkern und pendeln schnell von links nach rechts in der 60 km/h-Lesegeschwindigkeit der U6 und ich seh alles und dy Pfeiler rattern und dy Kabel schlaengeln. Und ich duenste Alkohol und ezz Pommes. Und ich steig aus und rempel dy Rolltreppe hoch. Und rempel mich vorbei an der stummen Herde, dy sich nicht bewegt und sich fahren laezzt. Und oben an der Rolltreppe angekommen, dreh ich mich um und empfange jede einzelne dyser langgezogen, runterhaengenden Frezzen, dy langsam angerukkelt kommt, mit toedlichen Fluechen. Aber dy stumme Herde ignoryrt meine Wahrheiten und stampft und trabt weiter. Mit ihren Handys und Tageszeitungen und Thermoskannen. Und ich rufe jedem einzelnen von ihnen nach, dazz dys hyr mein letzter Versuch sein wird. Und dazz meine Arche bald ablegen wird: Auch ohne sy. Und nymand reagyrt. Und meine letzte Einladung war meine letzte Einladung. Und tret einen Schritt vom Rolltreppenschlund zuruekk und steh aufrecht mit Koerperspannung und gukk mit Abstand. Weil: Ich bin keiner von denen. Und klar wird: Ich gehoer nicht zu denen. Weil: Ja: Ich bin was bezzeres. Genau darum: Weil: Ich nichts brauche. Und weil: Mir nymand was entgegensetzen kann. Weil: Ich bin unantastbar, das heizzt: fuer mich gibt es keine Strafen oder Sanktionen. Was ist eure schlimmste Strafe dy ihr mir entgegensetzt?

2,5 Jahre konzentryrt beichnen und verfazzen mit Isolator-Helm? Mich kann man nicht bestrafen: *KEVINKEMTER-1.000.000-4-Life.*

Und ich steh aufrecht und gukk mit Abstand und bin losgeloest. Weil: Fuer mich gibts keine Erdanzyhung. Weil: Ich bin dy Ausnahme. Und fuer mich gibts keine Verfehlung, weil: Ich hab Ratten-Skills und dy sind meine Versicherung, dazz ich in allen Zeiten der koerperlichen Strammnizz meine Kontrolle leite.

-

11.

Aber als ich durch den Park geh und da 50-Jaehrige Hippy-Zottel sind, dy franzoesische Musik mit Akkordeon machen und dazu tanzen, ueberlagern sich wyder Sachen in mir. Ich hokke da kurz und rauche und duenste Alkohol und Pommesfett und hoer zu. Und ploetzlich kommt dy Uebermannung: Und ich heul. Und meine Augen feuchten und mein Kinn zittert, weil: Allianzen sehen aus der Ferne ploetzlich so warm und fest aus. Und dyse Zottel verbreiten was und teilen und sind nicht geizig. Und ich denk kurz an mein BABBA STEINFELS. Und an: Leute begluekken, Schoenheit, Respekt und das Gunst dy Aufgabe hat, positiv in dy Welt zu leuchten. Und ich schuettel Reude von meinen Schultern, bis sy weg ist. Und ich weizz gar nichts mehr. Und ich weizz nicht mehr wo ich stehe. Aber oeffnen geht nicht. Ich oeffne mich nicht. Weil: Jede Oeffnung ist ein Lekk. Und brutale Fremd-Realitaet wuerde in den Bug meines Schlachtschiffes eindringen und alles machen, um es zum Sinken zu bringen. Und ich oeffne mich nicht, weil: Dy Falschheit und ihre Leute lauern schon vor den geschlozzenen Zugbruekken meiner Festungen und warten: Auf meine Unaufmerksamkeit. Auf meine Sekundenschwaeche. Sy warten und lauern, um an mir den Herzbruch zu vollstrekken und mich in dy Kakke-Kanalisation runter zu spuehlen. Und du weizzt: Eigentlich bin ich stark und mutig und dominant und risikobereit, aber: Eine Oeffnung ist zu riskant.

Und mein Aermel trokknet den Reud und meine Zigarette ist ausgedruekkt auf dem Stein da. Und mein Kyfer ist wyder fest und zerdruekkt kleine Kysel. Und ich nikke den Zotteln zu. Zum Abschyd. Und steh auf und geh weiter. Und laufe und jogge und dann: Renn ich.

-

12.

Und alles ist klar. Und es geht los: Und ich renn los mit langen, ausgeleierten Armen wy ferngesteuert: Rauf-Runter, Rein-Raus: Narben verursachen, Gesichter durchkreuzen, alles abhaken. Und ich bin eine Maschine, ein schnelles windschnittiges Flugfahrzeug mit heizzen Motoren im Inneren. Und jeder Aufenthaltsort wird sofort Tatort und ich fluechte vom 1. Tatort zum 2.. Und zum 3.. Und bin nirgends sicher und hab deswegen mein Ausweis immer dabei und bin immer bustbereit und in staendiger Angst und in staendiger Erwartung. Weil: Ich erwarte dy Hand im schwarzen Karma-Lederhandschuh, dy mich an der Schulter pakkt, aber sy kommt nicht. Und irgendwy beunruhigt auch das. Aber dy Angst berauscht auch und wenn sy weg ist: Ist nichts los und deshalb gehts weiter. Und ich werde immer duenner und stinke und schwitze und geh nicht mehr nach Hause. Stunden und Tage. Und aus meinen Poren dringt Gelee und meine Auzzcheidungen sind keine Auzzcheidun-

Abb. 040

Abb. 043

gen, sondern Power-Balls, das bedeutet: Meine Pizze ist Trinkwazzer und meine Kakke ist Brot und das bedeutet: Alles, in was ich Kraft investyre, strahlt Kraft aus und ich saug sy selbst wyder ein. Und kurz fuehlts sich an wy Freiheit und dann doch wyder nicht. Das bedeutet: Wenn ich mein Kommander bin, fuehlt es sich gangsta an und wenn ich mein Rekrut bin, fuehlts sich ungesund an. Und wyder verlazz ich einen Tatort ungebustet und Saft tropft aus meinem Schlaffen, in meine von Saft verkrustete Hose, weil: Ich gangsta bin, weil: Ich gut bin. Und ich bin unterwegs und schwebe 20 Zentimeter ueber dem Bordstein auf der Unbustbar-Ebene, auf dem Immortal-Level. Und von da aus erkenne ich Zeug: Und dy Grenzen sind klar gezogen und dy Verbindungen sind kleine Kanaele und machen Sinn und ich erkenn alles. Aber dy Uhr tiktakt immer schneller und meint, es sei 5 vor 12.

Und mein junger Koerper leitet bereits seinen Verfall ein. Und ich werde immer schneller und alles an mir dampft und raucht und ich komm an der Tribuene vorbei und meine Fans heizen mich an und jubeln unempathisch und wolln mich brennen sehn. Und als mein Kommander sag ich mir: schneller. Und als mein Rekrut gehorche ich. Und weil ich so schnell bin, erkenne ich nichts mehr links und rechts. Und als mein Rekrut fuerchte ich meine Geschwindigkeit, aber als mein Kommander bin ich beeindrukkt von meiner Kraft.

-

13.

Und irgendwy zychts. Weil: Ich erkenne nichts mehr richtig links und rechts. Aber gleichzeitig seh ich: Alles. Und es ist zu vyl. Und irgendwy kommts mir ploetzlich so vor, als wuerde meine Faehigkeit, Unwichtiges auszublenden, langsam ausblenden. Weil: Fremde haben meinen Staudamm geoeffnet und es kracht und stroemt rein. Dy ganzen Woerter und Farben fluten und strezzen. Und dy ganze Schrift ist zu vyl. Und dy ganzen Taggs nerven. Rohdaten. Und alles springt mir von allen Seiten gleichzeitig direkt ins Gehirn und vermischt sich da zu sinnlosen Aufzaehlungen:

FOTO FLASH BIOK NAZAR ALO INTERNET FLUCH SEXXX KINO CENTER AFRO DRON FANTASY SHISHA ASAAD HAREM. Aber nichts ist hyr sinnlos. Weil: Ich erkenn dy Verbindungen und zaehl sy auf und rappe sy leise, im Kopf: DARKMAN IGORE GRILL BOLU GAZI BONUS LIDL LEVEL NIGGER DISCO OPEN UFO CYON CLUB BOSBORUS GESO BAU SAI SCHLEKKER, ekker, ekker. Ja, man. Und ich lauf weiter und rappe leise und fluester mit geballter Hand in der Tasche: NOVO HYPER ROYAL CAFE E-PLUS MOBILE WAIN SKAR SHOP DOENER LOVER CLAYS, lays, lays. Und ich werde lauter: ZEEMANN LASER TH1 LOTTO TOTO BADOGS SLIK JIM INFO NOPE NAZARETH SNAKK BAKK DOSP MAGIC BAR OASE CASHPOINT RAMO, ramo. Und ich laufe weiter und gestikulyre Rap-Gesten und mach Schattenboxxen und rappe laut und rappe dy Leute an: SUN-POINT TARK-LIFE VIDEO BINE ASIA ANSWER TURK PIZZA BILLY GIGGS KUNTERBUNT TOTOBET BISTRO KIK CHIO CASINO, sino, sino.

Und ich rappe und will mir Byr holen, aber der Spaeti ist zu hell und ich geh da nicht rein. Und ich steh vor dem Laden und hab dy Augen zu und schrei zum Spaetimann er soll mir ein Berliner raus, raus, raus bringen. Aber er machts nicht, der Spast. Und ich verfluche seine Sippe und geh weiter mit Schlitzaugen und such einen dunkleren Spaeti, aber alle Lampen sind zu hell und werden immer heller. Und ich frag mich, warum alles immer heller und

Abb. 044

Abb. 045

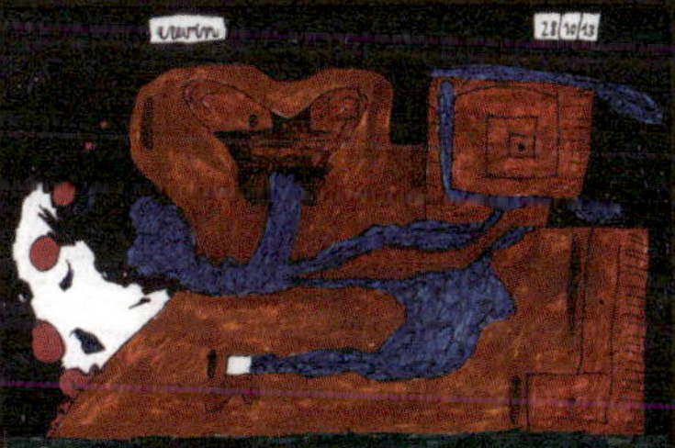

Abb. 046

Abb. 047

penetranter wird. Und da merk ichs: Und ich versteh dy Botschaften der Lichter in den Fenstern. Und dy Lichter erleuchten.

Aber dann: Dy Lueftungen und Autos sind zu laut und werden immer lauter. Und dy Nummernschilder. Und ich rappe Nummernschilder. Aber alles strezzt und ist so strezzig und ich kann mich nicht konzentryren. Und ich prezz dy Augen zusammen und halt mir dy Ohren mit den Schultern zu und dreh um und geh wyder nach Hause. Aber dann in der Kueche wakkeln dy Karos auf der Tischdekke, ekke, ekke. Und ich geh da nicht mehr rein. Und ich geh ins Bett und fryre + schwitze und alles brodelt und eist und ist so heizz. Und mein Schweizz verdampft und geht in Dampf auf und ich kann nicht schlafen und zyh mich wyder an und setz mich an den Schreibtisch und wakkel und kann gar nichts. Alles dreht im Zikk-Zakk. Und es nervt, weil: Ich denke immer wyder den gleichen Gedanken, danken, danken. Und ich denke das gleiche Zeug immer wyder und denke in Schleifen, leifen, leifen und es panikt mich. Und das ganze Zimmer wakkelt. Und dy Spirale spiralt und geht immer weiter. Und ich denke: ██████████, ████, ████.

Und ich panike und hab Angst und muzz wyder raus. Und dann, drauzzen: Beim Doener, ich fuehle mich eigentlich gerade wyder ein bizzchen bezzer und teile mit meinem neuen Kumpel hyr meine Erfahrungen, fall ich um.

-

14.

Und noch im Hoch hab ich Angst vorm Abkakk. Genau wy mein BABBA STEINFELS frueher schon immer sonntags Abkakk hatte, weil: Er montags um 8 auf der Matte zu ste-

Abb. 048

hen hatte. Und noch im Hoch kuendigt sich das Ende an, wy es ausklingt. Und mein dritter Arm, mein staatlich subventionyrter Belohnungsarm, um dy Produktion weiter zu erhoehen, krycht zuruekk in mein Solarplexus. Und ist weg. Und ich warte auf den Abkakk. Und er kommt: Und ich chille 9 Wochen kraftlos in Schokkstarre, im Abkakk, in der Wohnung, im Bett. Und da in der Ekke lygt der kleine Ball und ich weizz: ODEM wuerde: Bumm-Tschak machen, aber ich hab kein Bokk. Ich scheizz auf ODEM. Keine Kraft. Ich gukk nur. Und lyge.

-

15.

Irgendwann schaff ichs und reizz mich zusammen und geh raus. Und zum Schutz gegen dy ganze Reude, hab ich den 63 Tagebart und dy Sonnenbrille und dy Kapuze auch. Und dy Kopfhoerer ohne Walkman auch. Und ich steig den Hausflur runter und ignoryr meinen Bryfkasten weg. Und treib mich rum: Kraftlos und ohne Fahrrad. Und ich kontakte nicht und spreche mit nymanden und bedank mich bei keiner Kazzyrerin in der Baekkerei. Statt dezzen wanke ich rum und rakk Ezzen in der Humboldt-Mensa zwischen den ganzen jungen Gesunden. Und bin in Studententarnung. Und keiner merkt was. Und mein Schwaeche < Kraft-Sensor meldet sich und ich gukk rum und seh im Augenwinkel: DOMINIK BENEKE, wy er alles im Griff hat und da hinten ist, mitten unter ihnen. Aber ich zeig mich nicht. Weil: Wir chillen nicht mehr. Weil: Ich hab ihn besygt. Gukk: Er chillt hyr: Humboldt-Mensa. Aber nicht als Paradis-Parasid. Gukk: Er kontaktet mit seinen Kommilitonen und ist einer von ihnen. Schwach. Der Beweis fuer sein Losertum und fuer meinen Syg. Und ich lauf

Abb. 049

Abb. 050

Abb. 051

Abb. 052

Abb. 053

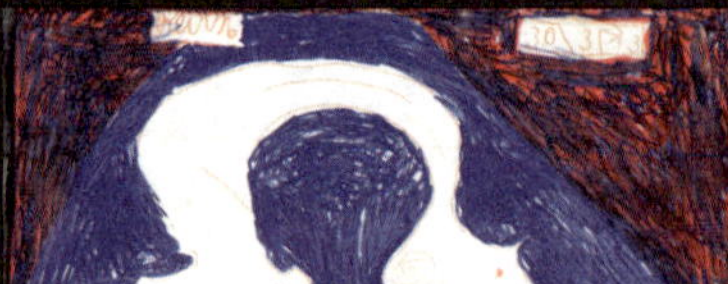

Abb. 054

Abb. 055

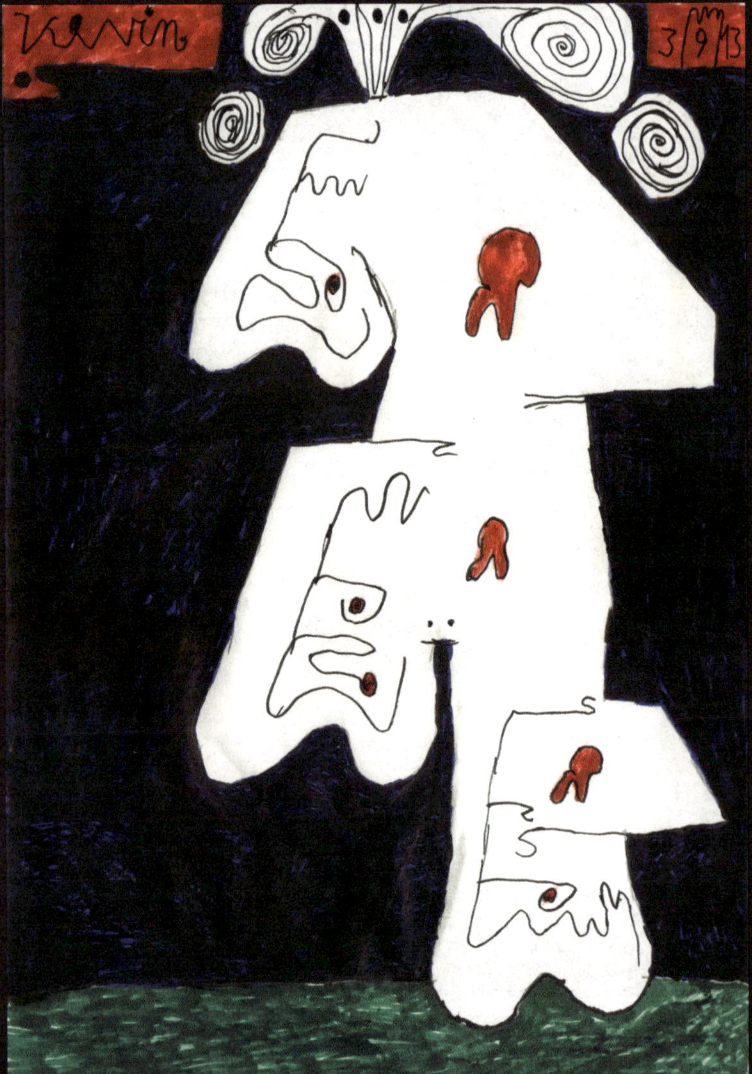

Abb. 056

Abb. 057

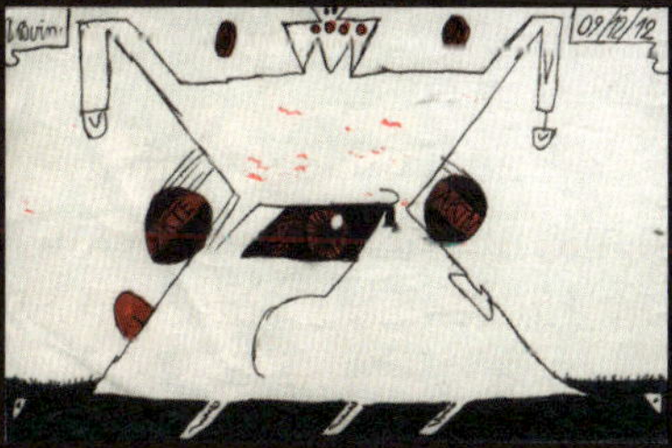

Abb. 058

mit meinem Tablett durch dy Mazzen und verschwepper meinen Kaffee und setz mich hin: Auf einen freien Platz. Und frag mich, ob ich auch noch einknikke. Ob ich auch so werde wy DOMINIK. Und ich denk an: Nein. Mir wird so was nicht pazzyren. Weil: Ich bin der Bewahrer. Weil: Ich halte Neuzeiten und Entwikklungen auf. Weil: Alles soll stagnyren und so bleiben, wy zur Idealzeit: Damals: 1998. Und ich schuette den Kaffee vom Tablett wyder zuruekk in dy Tazze. Und trink den Kaffee und ezz das Ezzen der jungen Gesunden und ezz alles auf und pakk den Rest ein: Fuer spaeter.

Und ich geh weg und geh ins Center und da in dy Bibliothek und gukk mir Buecher an. Ueber Kampfflugzeuge und ueber Deprezzionen. Und ich vergleiche dy Symptome mit meinen und wyder pazzt alles. Jede Zych-Krankheit pazzt, wy jedes Sternzeichen im BZ.-Horoskop pazzt. Stimmungs-Schwankungen: √ Ideenflucht: √ Selten Hunger: √ Selbstmordgedanken: √ Schlafprobleme: √ Eingegrenzte Interezzen: √ Halluzinationen: √ Ritualisyrte Handlungen: √ Einzelgaengerisch: √ Kommunikations-Schwyrigkeiten: √ Unbehagen in Menschenmazzen: √ Aengste: √ Kopf-Fikk: √ Und so weiter.

Und dann Schoenhauser auf dem S-Bahnhof mach ich Pause und steh rum und rauche rechts und stuetz mich links am Gelaender ab und gukk wy mein Spukke-See zwischen meinen Schuhen waechst. Und ich gukk dy Leute und dy S-Bahnen an und steig nirgendswo ein und weizz nicht, was ich machen soll. Ich steh einfach rum und verpeste dy Umgebung mit blauer Negativ-Strahlung und probyr meinen Abkakk-Schwarzen-Peter fremden Gesindel unterzuschyben. Jemand anders soll dyse Reude haben. Aber ich krygs nicht weg. Und dy Spirale spiralt und geht immer weiter. Und immer schlimmer.

-

Abb. 059

Abb. 060

Abb. 061

Abb. 062

Abb. 063

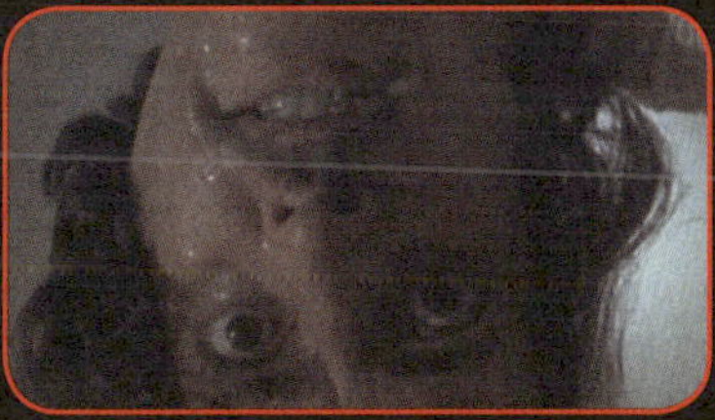

Abb. 064

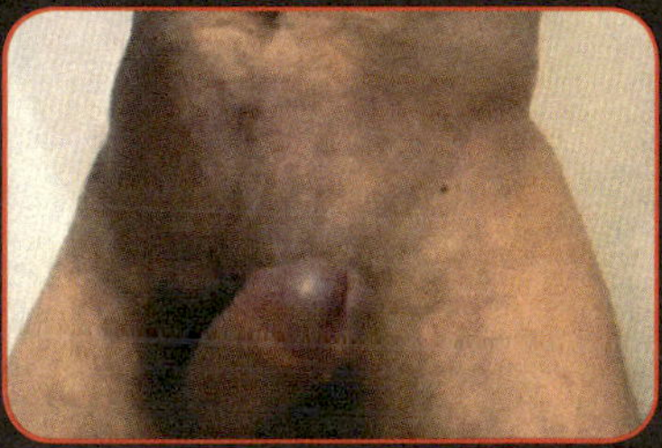

Abb. 065

Abb. 066

16.

Und koerperlich wabbelig steig ich doch ein. Und schon beim Einstyg in dy S-Bahn scannen meine Augen wyder alle Fahrgaeste ab und ich sortyr sy nach Schwaecheren und Staerkeren. Und dy Tueren tuten rot und dy Bahn faehrt an und ich ueberspyl den Abkakk und steh stramm an der Tuer: In Bereitschaft, voller Soldatentum und auf alles gefazzt. Und ich filter alles raus: Zivten, Kontrolleure, Opfer, Feinde: Alle. Und zu den Schwachen baenge ich im Blikk, bis sy sich einkakken und ihr Gesicht wegdrehen, aber dy Staerkeren, dy naeher am Tyr sind, behalt ich immer im Augenwinkel und schaetze ihre Gefahrenquote ab. Und jede Station wird mit dem Fahrgastwechsel alles neu geupdatet. Und im letzten Drittel vor jeder neuen Station bleibt noch Zeit, um aus dem Fenster zu gukken. Und ich gukk raus und bin auf Patroulie und ueberwach meinen 11-Fronten-Kryg an der Bahnstrekke. Und druekk mein Gesicht an dy Scheibe und gukk raus und rych noch das Cocoshaarfett an der Scheibe, von irgendeinem Mullukk-Juror vom Tuffnizz- und Krazzheitswettbewerb, der hyr vorher stand und alle Neuigkeiten protokollyrt hat. Und ich gukk raus und kontrollyr meine Truppen von chrom-schwarzen Festungen und kontrollyr meine Frontverschybung. Und seh, wy ich seit meiner Abkakkschokkstarre wyder harte Ruekkschlaege erlitten hab, weil: Dyse Bastarde DOUBT und ALIEN-THOUGHT und BORDERFADER meine Herrschaft nicht anerkennen wollen und ueberall ueber meine neu errichteten Festungen rueberfikken und sy wegchromen und Nachrichten schreiben. Und ich steig Gesundbrunnen aus und lauf dy Line zuruekk und gukk nach: Und wyder steht da Zeug wy: *MANIACISM 1.000.000 ENTWAECHST AUS 1.000.000 UNZULAENGLICHKEITEN.*

Und mit einer fast leeren Rest-Chrom, dy noch vor der Schandtat im Gleis lygt, chrom ich das Wort *UNZULAENGLICHKEITEN* weg und so vyl wys geht von ihrem anderen Zeug. Und ich geh koerperlich noch wabbliger den Weg den ich gekommen bin, wyder zuruekk zum Gesundbrunnen. Und ich will nach Hause. Und nicht kontakten. Und nymanden sehen. Schnell nach Hause. In mein 4-ekkiges Zimmer. 91,4 hoeren. Schnell ins Bett.

-

17.

Aber dysmal hab ich trotz Bart+Sonnenbrille+Kapuze+ Kopfhoerer Pech: Weil: Da hinten auf dem Gesundbrunnen-Vorplatz steht DOUBT mit seinem selbstgemachten Doubt Pullover und ALIEN-THOUGHT chillt neben ihm. Und wy immer bei dysen Opfern, dreh ich mein Gesicht weg und hoffe, dazz sy mich nicht sehen und will schnell vorbei. Aber dysmal erkennen sy mich irgendwy und bruellen meinen Geheimnamen ueber den ganzen Vorplatz und kommen. Und weil ich koerperlich wabbelig bin und zu vyl neue Buecher ueber Kampfflugzeuge und Deprezzionen dabei hab und im Abkakk sumpfe und ohne Fahrrad bin: Kann ich nicht schnell genug weg. Und sy kommen ran und BORDERFADER kommt auch: Vom Hinterschatten aus dem Nichts. Und alle 3 treiben mich gegen dy Wand vom Center. In eine leere Zulyfergazze voll Pizzegeruch. Und sy machen Ansage und listen mein Fehlverhalten auf. Und alle 3 peitschen gleichzeitig und synkron gegen Maniacism 1.000.000. Und DOUBT kommt nah mit seiner Stirn und redet nah und meint wyder Zeug, dazz ich wyder falsch lyge und so. Und er redet von *unterfikkten Ruinen* und *Verbauung* und *Verstei-*

Abb. 067

Abb. 068

Abb. 069

nerung und dazz *das keine Kraft* sei, sondern *dy eigentliche Schwaeche.* Und er druekkt seine Stirn kaffamaezzig an meine: Und ich sag: Gar nichts dy ganze Zeit. Und er taeuscht links eine Schelle an und ich zukke und bekomm rechts von BOREDER-FADER eine Schelle gegens Ohr. Und alle 3 strezzen im einstudyrten Wechsel, bis DOUBT seinen Thaiboxxx-Move macht und mir dy Beine weg tritt. Und ich lyge und ALIEN-THOUGHT buekkt sich runter und filmt mit seinem Handy und lacht dy ganze Zeit reudig und heizt dy anderen an: dy mich wyder hoch druekken, zuruekk auf dy Beine und ich zyh meine Schultern hoch und meinen Hals ein und hab dy Haende vorm Gesicht und DOUBT gibt mir eine Bombe auf dy Schlaefe und ich lyg wyder. Und bevor sy abhauen, buekkt sich ALIEN-THOUGHT wyder zu mir runter und ich verkrampf mich noch mal. Aber er zyht meine Listen und Zettel und meinen Bryf vom Jobcenter aus meiner Brust-Jakken-Tasche und gukkt rauf und lyst und lacht: *Kevin Kemter! Behmstrazze 33! 13357 Berlin. Zuweisung in eine Mazznahme zur Aktivyrung und beruflichen Einglyderung. Jetzt bist du gefikkt, Dikker! Wir wizzen, wo du wohnst und kommen dich besuchen! Jetzt zerfikken wir dein Leben, Junge!*

Und meine Fuezze plus Haende krampfen unter der Dekke und sind kalt und dyse Scheizze nervt. Aber insgeheim versteh ich DOUBT und ALIEN-THOUGHT und BORDER-FADER auch. Und bin verstaendnisvoll. Weil: Ich versteh alle radikalen Fundamentalisten. Und seh dy Zusammenhaenge und kenn dy Kurzschluzz-Kettenreaktionen und dy Angst vorm Fremden und dy Skepsis allen Veraenderungen gegenueber. Weil: Du weizzt: Ich bin der Bewahrer und halte Neuzeiten und Entwikklungen auf. Und insgeheim bin ich verstaendnisvoll, weil fuer DOUBT und ALIEN-THOUGHT und BORDER-FADER bin ich der andere Fremde, der Boeses im Sinn hat. Und ich hoer DOUBTS

Stimme und ALIEN-THOUGHTS auch und dy Schlagwoerter ihrer Anti-Maniac-Propaganda: *Verbauung* und *Versteinerung* und *Verwahrlosung* und *Runtersumpfung* und *Eigenfikkung*. Und dyse Scheizze nervt. Dyse Wichser sollen ihre Frezze halten und sich verpizzen und ich verleugne jedes Verstaendnizz und schrei: *Na und?* Und verscheuch dy Schatten mit einer rukkartigen Bewegung mit der Dekke und ich dreh mich zur Wand. Dy kalt ist. Und ich kann nicht schlafen und denke wyder Zeug in klarem schwarzweizz, wy zum Beispyl: *Na Und? Haltet eure Frezze. Bei dysen Hundertschaften von Guenstlern hat auch jeder einzelne seine Komplexchen und Problemchen. Aber noch nicht mal in dem Bereich sind sy in der Pole-Position. Wenn schon, denn schon. Wenn, dann richtig.*

-

18.

Und weil: Ich weizz, dazz es das ist, bin ich wyder auf den Schottergleisen, aber dysmal in Reinikkendorf. Und ich errichte und fuehl dy Geborgenheit meiner modernen Festung mit ihren Gukkschlitzen und Schyzzscharten. 2 mal 7 Meter sind 14 Quadratmeter. Chrom-Schwarz. Und davon mehrere. Und ich schleppe und schwitze und hokk im hohen Unkraut. Aber dy vorbeifahrende S-Bahn erhellt alles grell und schyzzt Fremdgeschwindigkeit und Fremdgeschaeftigkeit fuer Sekunden durch meine Eigenruhe. Und sofort wyder weg. Und ich will dy Fratzen der Fahrgaeste, dy der Anderen, der Allzuvylen wy den lauernden ALIEN-THOUGHT aus meinen Gedanken verbannen. Aber weil: Mein Gehirn ein Verraetergehirn ist und eigenlebt, kann ich ALIEN-THOUGHT manchmal verschyben, aber ny verbannen. Und aus der Gegenrichtung kommt der naechste S-Bahn-Takt. Und es wird hell und grell und wyder dunkel. Und meine Augen stellen sich wyder ein und ich gukk hoch. Und weil es wolkenlos ist und Reinikkendorf schon fast nicht mehr Stadt ist, sind da Sterne und das Universum oben. Und ich gukk hoch und der Anblikk klappt dy vernarbte Haut links und rechts von meinen Wunden und dekkt sy auf. Und der Anblikk schrumpft mich klein, auf Wurmgroezze, und ist DOUBT, und verdeutlicht:

Auch das ist es nicht.

Weil natuerlich beinhaltet der Anblikk dyser starren zeitlosen Sternzeugen dy sinnlosen Zeiten all der toten 1.000.000 Generationen. Und der Anblikk der Sterne und des Universums ist DOUBT und signalisyrt gleichgueltig laechelnd: Beende dein Leiden.

-

19.

Und ich will endlich Ruhe. Ich will schwerelos lygen, wy am Anfang meines Lebens: Im warmen Fruchtwazzer meiner MAUMA, wo keiner stoert und keiner kommen kann. Ich will endlich Ruhe und ich will endlich schlafen und deshalb denk ich an meine entspannende Endloswuestenflaeche und es klappt: Ich schlaf ein und Nebel verdichtet alles und lichtet sich gleich wyder und sichtbar wird: Mein Land. Endlos grozz. Und alles in meiner Landschaft ist sandfarben und ich hab kurz den Gesamtueberblikk und seh den Landschafts-Schwenk. Aber dann zoomt es aus der Ferne auf meinen Kontrollcontainer zu, der auch Wuestentarnfarbend lakkyrt ist und in das Innere des kuehlen Containers rein: Und da sitz ich in meinem Sezzel vor meinen Schaltern und Bildschirmen, von wo aus ich meine 27 Automatik-Flugfahrzeuge steuer. Und ich weizz, was zu tun ist und lazz dy Ruezzelbohrer aus dem Unterboden meiner Flugfahrzeuge ausfahren und in den Wuestenboden rammen. Und mein heutiger Eigenauftrag klingt einfach und lautet: Interezzantes aufspueren.

Und meine Bohrer bohren tyf, bis in wazzerreiche Untergrundgrotten und stozzen da grozzmaschige Netze aus. Und durchsyben alles und wirbeln alles auf. Kleine Krebse und Seesterne. Und ich sitz oben im Container und gukk aufs Videobild und warte kurz und lazz dann meine grozzmaschigen Netze zuruekk surren und alles an dy Oberflaeche befoerdern. Und ich gukk und such mit dem Joystikk. Aber wyder hat sich nirgendwo was verfangen. Und ich merk nicht, woran es lygt. Und ich merk nicht, dazz meine grozzmaschigen Netze zu grozzmaschig sind und meine Filter und Sybe zu grob. Und deshalb: Lazz ich meine Ruezzelbohrer wyder in den Boden stozzen und probyrs noch mal. Und immer wyder: 100 Mal. Und ich verstehs nicht und starr aufs Videobild und schwitze und rutsch auf dem klebrigen Ledersezzel rum. Und ploetzlich gibt es einen S c h n i t t und dy Perspektive und alle Farben sind anders. Nicht mehr so Sepia, sondern irgendwy kaelter und grauer. Aber mich wunderts irgendwy nicht. Und ich bin nicht mehr in meinem Kontroll-Container, sonden in meinem Cokkpit und flyge ueber meine Endlos-Wuestenflaeche, dy ploetzlich mehr einem trokkenen Salzsee aehnelt, den jeder fuer lebensfeindlich und unbrauchbar haelt. Und ich sitz in meinem Flugfahrzeug und wyder fahren aus meinem Unterboden rysige Teleskop-Bohrer aus und drehen sich durch dy Salzkristall-Erde. Weil: Mein Eigenauftrag ist klar und ich weizz, was zu tun ist: Ich mach Businezz und meins ist der Lithiumabbau. Und ich weizz genau: Damit kehr ich

Abb. 070

Abb. 071

Abb. 072

Abb. 073

Abb. 074

Abb. 075

DOMINIK und allen anderen Ex-Partnern vom Using-No-Money-Movement (U.N.M.M.) fuer immer den Ruekken zu. Aber ist egal: Mit denen chill ich nicht mehr. Stattdezzen mach ich Geld und ueberflute den Markt mit meinen Batteryn und Tabletten. Damit alle Wyselbaelle weiter wakkeln und alle Maniacs 1.000.000 weiter rotyren. Und zwar nachhaltig rotyren und nicht vergluehen. Und als gerade irgendwelche komischen Sachen pazzyren und es interezzant zu werden scheint, gibt es ploetzlich wyder einen S c h n i t t . Und dann: schwarz.

Und ich wach auf und bin wach. Und ich lyg im Bett und hab nen Kolben. Und ich steh auf und geh rueber und druekk ihn runter: Zum Pizzen. Und ich spuehl und bin barfuzz und dy Boden-Flysen sind kalt und ich husch schnell zuruekk und schluepf in mein Unterschlupf.

-

20.

Um 15 Uhr ruft ploetzlich mein BABBA STEINFELS an, weil: OPA ist gestorben und wir raeumen seine Wohnung aus. Und da ist Zeug, das ich verkaufen kann und Zeug, das ich gebrauchen kann. Und mein neuer guter Anzug plus Hemd und Weste und Schlips: Pazzt. Und meine neuen guten Schuhe auch, weil: OPA war am Ende auch klein und schmal: Wy ich. Und mit dem neuen guten Geld, bin ich Potsdamer Platz in der Spylbank. Und ich gukk zu: Beim Roulette. Und alles ist klar. Und ich tausch dy ganzen 300 Euro und kryg drei Plastik-Jetons. Und ich schyb ein Plastikstuekk aufs Teppich-Vyrekk: Schwarz. Und hab noch 2 in der Tasche. Und dy Kugel dreht im Kezzel und meine Chancen stehen 48,65 zu 51,35 und ich gukk und nichts geht mehr und es ist 16 / rot und das 1. 100-Euro-Plastikstuekk ist weg. Und ich setz eine Runde aus und gukk zu und gukk, wy es dy anderen machen und denk an: Meine Ratten-Skills und dazz ich kein Geld brauche und so. Und ich steh hinter den Leuten in der 2. Reihe und gukk dem Spyl zu und dy Fidschifrau scheint alles gut zu machen und chillt gleichgueltig. Und ich draengel mich vor, in dy 1. Reihe und steig wyder ein, weil: Ich denk an: Meinen Schwaeche < Kraft-Sensor und an: Mein Schwarz-Weizz-Denken und an: Gut vs. Boese und an: Meine Sehnsucht nach klarer Eindimensionalitaet. Und dyses Spyl vereint alles. Und ich streich meine Haende, weil: Sy feuchten und gukk zum Mann, der alles leitet und ordnet und dy Kugel wirft. Auch er chillt gleichgueltig. Und schyb wyder ein Plastikstuekk aufs Teppich-Vyrekk: schwarz. Und ich warte und gukk und nichts geht mehr und es klappt: 33 / schwarz. Und der Mann schybt mir mein Plastikeinsatz zuruekk und 1 dazu. Und ich hab wyder so vyl wy am Anfang. Und es gibt klare Verlyrer und klare Gewinner und kein Sinn oder System dahinter. Und ich schyb nochmal ein Plastikstuekk aufs Teppich-Vyrekk: Schwarz. Und immer so weiter.

Zwischendrin hatte ich 600 Euro plus. Also: 9 Plastikstuekke in der Hosentasche der guten Hose mit den Buegelfalten, weil: Ich fikk alle. Und dann: Nichts mehr. Tasche leer. Nichts geht mehr. Aber: Egal. Und ich fahr nach Hause mit der U-Bahn: schwarz. Weil: Ich scheizz auf Geld und hab dy Ratten-Skills.

21.

Zwischenfall. Mein Schwaeche < Kraft-Sensor ist weg: Mein linkes Armgelenk leer. Und ich glaube zu wizzen, wer ihn

Abb. 076

Abb. 077

Abb. 078

hat: DOUBT und ALIEN-THOUGHT und BORDER-FADER haben ihn. Alles andere sollte hyr nicht weiter von Interezze sein. Frag doch dy Wasch-Weiber.

Achtung: Alles Top-Story: Rufmord.

-

22.

Hyr bin ich vyl mit mir selbst zusammen. Ich kontakte nicht und chill mit nymandem. Bei den Pflichtterminen bin ich anwesend und arbeite ausreichend mit. Oder nicht. Und bei den Einzelgespraechen sprechen wir einzeln. Und bei der Aufarbeitung arbeiten wir auf. Und so weiter: In den Gruppenseminaren mach ich Beichnungen hinter vorgehaltener Hand und im Computerkurs ohne Internet schreib ich heimlich Sturzgedichten und drukk sy aus. Weil: Drukken ist hyr kostenlos. Und sonst: Mach ich Sport, und geh spazyren und sitz auf dem Fensterbrett bei der Heizung im Raucherraum und kontakte nicht. Und ich mach was ich kann: Und stuerz mich in jedes Mauseloch. Aber selbst dy Traumflucht wird erfolgreich reglementyrt, weil: Das Fruehstuekk ist frueh am Morgen und Pflicht. Und der ganze Tag ist voller Pflichten und Struktur und Drukk. Weil: Ich soll funktionyren und teilnehmen und meine Power-Strahlung auf Zeug richten, dy das existyrende Fundament weiter stuetzen. Aber ich will nicht. Nymals. Und aus Eigenschutz distanzyr ich mich von allem hyr. Und ich nehm dy Position des zu Unrecht Verurteilten ein. Weil: Ich bin unschuldig.

Weil: Ueber mich wurde vorsaetzlich fehleingeschaetzt. Weil: Du weizzt: Meine Sache ist wichtig und muzz gemacht sein: Dy einzig wahre Wahrhaftung. Weil: Ich erkenn

Zeug und insgesamt hab ich dy Klarsicht. Und das scheint manchen Schatten-THOUGHTS, dy immer ungenannt bleiben wollen und alles tun, damit dyse Sturzgedichte Nr. 22 nicht in dy Vervylfaeltigung geht, nicht zu gefallen und sy wizzen, wy man Wahrsagern, wy ich einer bin, das Gas abdreht und sy unglaubwuerdig macht: Genau so.

Erst chill ich mit nymandem. Aber dann kontakte ich doch ein bizzchen und geb mein Wizzen weiter. Zum Beispyl: Der Mann hyr links, ihm erklaer ich alles ueber Poetik und Rezepturen fuer Sturzgedichten. Und alles was er nicht weizz. Und er weizz ueberhaupt nichts und ich erzaehl ihm alles. Und als er weg ist, ist ein anderer Typ da und der weizz noch weniger und ich erzaehl ihm alles und erklaer alles: echte Gefuehle und Mord und Totschlag und alles andere. Und er macht Augen.

Erst chill ich mit nymandem. Aber dann doch: Ich chill mit THEO: Er ist der Aelteste hyr. Und er zeigt mir alles. Er ist cool. Ein ausgeglichener, verstaendnisvoller Chiller. Eine Art weiser Yoda. Mein persoenlicher. Und er ist nett und lacht und macht Witze. Und das Hyrarchyverhaeltnizz ist klar und ich akzeptyrs.

-

23.

Waere er nicht hyr, wuerde er rauchend auf seiner Veranda sitzen mit der gruenbraunen Dekke ueber den Beinen. Seine Frau waere tot. Nein, sy waere todkrank und er wuerde sy pflegen. Seine Kinder waeren erwachsen und woanders. Und waere ich nicht hyr, dann wuerde ich auf einem arabischen Ledersitzkizzen neben ihm hokken. Er wuerde chillen und lachen und mich auslachen und ich wuerde ihn lazzen.

Abb. 079

6. 9. 13.
Kevin

Abb. 081

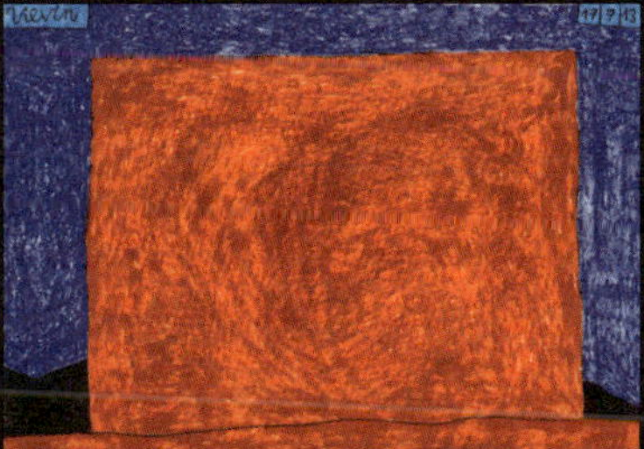

Abb. 082

Und er wuerde Zeug fragen und vyl erzaehlen und ich wuerde nur noch halb zuhoeren, wenn er von Lybe und gelybt werden redet, wenn er von Gartenarbeit und Brotbakken und Meditation redet, wenn er von Ruhe und Fryden und unsterblicher Energy-Umwandlung redet. Und er wuerde von Himmel + Hoelle und leeren Versprechungen reden und davon, dazz er Himmel schon gefunden haette und er wuerde andauernd SARTRE aka TRANE aus Paris zityren: *Hoelle sind dy Anderen* und irgend so ein Zeug. Und ich wuerde schon nur noch einohrig zuhoeren. Aber dann wuerde er mich weiter Zeug fragen und ich wuerde benebelt + aufgeschrekkt antworten. Und er wuerde nikken und grinsen. Und ploetzlich bekaeme ich einen vernichtenden Monolog zu hoeren. Ungefaehr so:

(...) KEVIN, du hast einfach Schizz, du kleiner Hosenscheizzer: Ich sag dir: Mach, was dein Zukken dir sagt, hoer auf dein Zukken. Ok, pazz auf: Ich helf dir mal auf dy Spruenge: Dein Zukken sagt dir: 'Setz dy Segel. Leg dich in dy Koje. Einschlafen! Augen zu, loslazzen, lokker machen!' Sowas mein ich. Wenn du mich fragst: Ist dy Sinnfreiheit King. Und dy Lethargy ist Bozz. Ich rede von Quatsch. Gukk: Nicht ohne Grund sind unbustbare Fikker dy ohne Motiv. Junge Maenner mit grundlos zukkenden Gehirnblitzen. Ihre irrationalen Entscheidungen sind der Terror, den du auf komplett falschem Weg zu erreichen versuchst. Warte: Hyr: Ich helf dir mal auf dy Spruenge: Dein Zukken sagt dir: 'Schwaenz dy Schule. Geh auf den Dachboden. Rauch Bong. Nehm Trips! Augen zu, loslazzen, lokker machen!' Wenn du Chancen hast: Lazz sy ungenutzt. Wenn du Talente hast: Lazz sy verkuemmern. Wenn du Joker hast: Sofort verspylen. Einfach dy Kontrolle abgeben.

Du kleiner Hosenscheizzer.

Und dann wuerde er von der Veranda in den Vorgarten zeigen und sagen: *Aber nicht an irgendjemanden, sondern an den Stein da, oder dy Katze da, oder den Tuempel da. Pazzivitaet ist der richtige Terror. Das ist dy Power, dy du dy ganze Zeit suchst und in jedem Scheizz zu finden glaubst. Du verschwendest deine komplette Energy in irgendwelchen parallelen Bahnen und kommst dir dabei cool und subversiv vor. Ich will dich nicht verletzten, frueher war ich genau wy du. Genau so. Aber du bist konform. Gukk: Du bereicherst dich. Du arbeitest zwar nicht direkt dafuer und nicht auf legalem Wege, aber sei ehrlich: Eigentlich sammelst du auch nur Punkte im Tuffnizz- und Krazzheitswettbewerb und anderes symbolisches Kapital, so wy alle anderen, dy du so verachtest. Und das auch noch auf Kosten derer. Du bist stinknormal. Einer von 1.000.000. Du pazzt genau ins Bild.*

Und es wuerde mir peinlich sein und ich wuerde da hokken und er wuerde mir einen Stozz an dy Schulter geben und lachen: *Gukk mal wy steif du bist. Gukk mal wy angespannt du bist. Immer kampfbereit nicht wahr?*

Und es wuerde weiter gehen: *Pazzive Leute, dy sich von den Wellen hin und her schaukeln lazzen. Pazzive Leute, dy in der U-Bahn sitzen bleiben und 16 Stunden ohne Grund hin- und herfahren, oder noch vyl einfacher: Leute, dy einfach aufwachen und lygen bleiben, das sind Kings! Leute, dy nicht den Anspruch haben etwas hinzuzufuegen, dy nichts aufbauen wollen, dy keinen Sinn machen wollen, dy sind krazz. Scheizz auf immortal. Auch wenn du 39 Vorschlaege fuer grozze und einzigartige Neuerungen hast, muzzt du dyser Affenmenschheit keine edle Schenkung hinterlazzen. Und wenn du eitler Gokkel unbedingt was hinterlazzen muzzt, dann vylleicht wenigstens etwas so unbrauchbares wy: Frust und Drekk. Scheizz auf immortal. Wenn du wirklich anti-alles bist, dann such dir einfach dy groezzte Gruppe von Leuten, dy du finden kannst und sauf dich mit ihnen zu Tode! Ha. (...)*

Und ich wuerde neben ihm hokken und denken: Booooh und zychen, weil: Seine hoehere Ebene + Autoritaet wuerde ich anerkennen. Und er wuerde ploetzlich meine Haare kraulen und dann meinen Kopf versehentlich in seinen Schozz schubbsen. Und dir wuerde es nicht gefallen, aber mir waers egal und ich wuerde seinen Guertel oeffnen und seine Knopfleiste auch. Und sein Bollo waere schon sofort ein halbschlaffer Ruezzel mit einem Hoffnungstropfen an der Spitze. Und mir waers egal: Ich wuerde es wahr machen. Und er wuerde meinen Nakken halten, 5 Minuten oder so. Aber ich wuerde es nicht alles schlukken. Ich wuerde aufstehen und alles von der Veranda in den Vorgarten spukken. Und ihn dann unbeachten und in seine Kueche gehen und in den Kuehlschrank gukken und so.

-

Abb. 083

Abb. 084

24.

Aber er ist auf keiner Veranda und ich auch nicht. Ich bin hyr. Und er ist hyr. Aber er kennt Wut und gehetztes Soldatentum, er hatte so was selbst Jahre lang, aber er hats irgendwy geschafft, es abzuschuetteln. Und er chillt und ruht und ist ausgeglichen entsteinert. Und ich werde das auch schaffen. Aber so weit ist es irgendwy noch nicht, weil: Auch ohne Sensor, mein Kraft-gegen-Schwaeche-Ordnungzzystem ist immer noch da und mein von Hyrachyn durchtraenktes Denken peitscht: *Dazz muzzt du dir erst verdynen! In den naechsten Jahrzehnten steht fuer dich aufspueren, entjungfern, schwaengern, erstersein auf der Tagesordnung! Sisyphosmizzion noch nicht erfuellt. Der Vorsprung wird kleiner. Dy Konkurrenz holt auf. Also, an dy Arbeit!* Und ich machs, weil: Ich kanns.

-

25.

Weil: Ich hab Kraft. Und bin geizig damit. Von mir krygt keiner was. Und all meine Kraft bleibt bei mir. Und damit nichts entfleucht, atme und rauch ich in Flaschen. Und Kakke und Pizze in Tupperware. Und wichs nicht mehr. Weil so kann ich alles behalten und bewahren fuer spaeter: Archivyrte Kraft und kann drauf zuruekkgreifen. Und das mach ich auch. Ich hab so vyl Kraft, dazz es zu vyl ist. So vyl, dazz ich nicht mehr klar komme. So vyl, dazz ich mich nicht mehr bewegen kann, weil: zum Beispyl: Wenn ich laufe und mit dem Fuzz auftrete, kann es wyder zu den Erdwellen kommen und ich will keine neuen Erdbeben und Weltendtsunamis. Und ich stemm dyse Schuld nicht und kanns nicht halten.

Abb. 085

Abb. 086

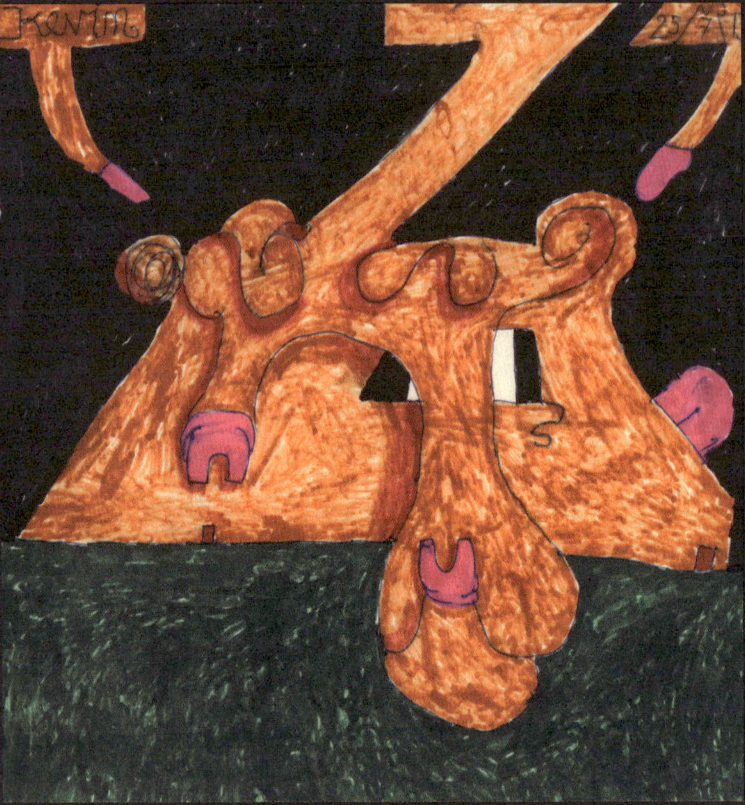

Abb. 087

Abb. 088

Abb. 089

Und darum steh ich still und kauer still und beweg mich nicht, weil: Ich will keine toedlichen Bewegungswellen mehr auzzenden. Und es tut mir leid: weil: Ich muzz mich ein kleines bizzchen bewegen, zum Beispyl beim Atmen. Und ich halt meine Brust fest, um dy Wellensendung einzuschraenken. Aber dann muzz ich was trinken und auf Klo plus Tupperbox und sofort kommt wyder das Nichtauszuhaltende und es wird vom Radio und Fernsehen uebertragen, weltweit, auf allen Sendern: Das Gejammer und Gejaule und dy Schreie und der Klagenchor von 1.000.000 sterbenden Indern und unschuldigen Buddahs. Und ich beweg mich nicht. Und ich kauer da im 4-ekkigen Zimmer und starr in dy Kerze: Stunden und Tage. Und ich kauer und mach nichts auzzer denken. Und ich denk nach, wy ich dy Probleme angehen kann. Aber dann schyzzt mir durch dy Gedanken ein neuer Gedanke, und der zerschlitzt dy alten in der Mitte und laezzt von ihnen nur Lumpen ryseln.

Und der Neue ist scharf und neu und ist so: *Scheizze! Jetzt werde ich hyr versteinern und hyr fuer immer als Steinstatue hokken.* Und ich will nicht fuer immer eingeschlozzen sein und ein grychisches Stein-Standbild sein mit kleinem Bollo. Weil: Dyse Scheizze hyr ist wyder von ALIENTHOUGHT inszenyrt worden. Und er ist schuld an allem. Und ich muzz mich bewegen und dann mach ichs: Ich spring auf und wakkel mich. Und ich wakkel mich richtig und denk ueberhaupt nicht mehr an Inder und auch nicht an Wellen. Ich mach: Sport: *Uhhh.* Und meine Muskeln quytschen und bewegen sich von alleine und meine Augen flattern, flattern, flakkern. Und ich schmeizz mich auf den Boden und mach Lygestuetze im schnellen Soldatentakt: Und ich zaehl laut: *45, 46, 47.* Und jetzt: Knybeuge: *136, 137, 138.* Und Klimmzuege: *67, 68, 69.* Und wyder Lygestuetze. *Uhhh.* Und mein Koerper vibryrt und wabbelt und will was und will was sagen, aber ich schrei: *MaulIchMuzzNachdenke*n und ich zaehle weiter laut und denke weiter nach, ueber: meine Arbeit und dy Anderen, dy Allzuvylen. *ScheizzeWoWarIch? – AchJa!* und mach neue Plaene und bin im Modus. Und ich darf nichts vergezzen und deswegen mach ich kurz Stand-Jogging und standjogge zum Tisch und schreib schnell dy drei Stichpunkte auf und standjogge kurz zum Waschbekken und spritz mir Wazzer ins Gesicht und standjogge wyder zuruekk zu meinen Dehnungen und mach meine Dehnungen und zaehl weiter: *56, 57, 58.* Aber wyder faellt mir Zeug ein. Wichtiges Zeug. Und ich probyr nichts zu vergezzen. Und ich vergezz nichts.

-

26.

Und ich hab Gespraech mit Prof. Dr. BRAEUNIG, dysem Eselzuechter. Und ich sitz im Zimmer und muzz mich irgendwy vorbereiten. Und ich denk an dyse Detektivgeschichten, wo sy immer Haare an Tueren und Schubladen kleben, um zu gukken, ob Unbefugte sy oeffnen. Und ich steh auf und geh zum Spygel und mach dazzelbe und kleb mir vorm Gespraech Haare an den Kopf und an dy Schlaefen, weil: Ich spaeter bezzer ueberpruefen will, ob er wyder rein gegukkt hat, wenn ich weg war. Und es ist 9 Uhr 02 und mein Kopf ist praeparyrt und ich klopf an BRAEUNIGS Tuer und step in dy Cypher und es geht los: Und er fragt, was ich mir fuer dy Zukunft wuensche. Und er fragt, wo ich mich in 5 Jahren sehe und was ich gerne machen wuerde und so. Und ich antworte nicht, aber ich lazz mich kurz drauf ein und mir stoezzt sofort wyder der Gedanke rein: von den Whirlpools und der 45° Winkel-Lyge-Konstruktion, von der

Abb. 090

Abb. 091

Abb. 092

aus ich dy Uebermannung des 6-Ollen-Verwoehn-Programms in Empfang nehme: Und eine ist mit ihren Lippen plus Zunge an meinem Mund und 2 Muender an meinen Brustwarzen und und eine arbeitet feucht-warm an meinem Arschloch und natuerlich streiten sich 2 offene Lutschmuender links, rechts um meine Bolloleiste. Weil: DOUBT hatte recht: Dy Unterfikkung ist grozz und wird immer groezzer. Aber ich verkapsel den Gedanken sofort wyder und pakk ihn mit unter dy Dekken, dy mit Steinen am Rand beschwert sind. Weil: Du weizzt: Eigentlich scheizz ich auf 130 Muschys. Und BRAEUNIG stoert und raeuspert und fragt, wy ich zur Zeit mit ALIEN-THOUGHT auskomme. Und ich gukk ihn kurz an und seh: Er weizz, was ich denke. Und ich merk, dazz meine Gedanken laut sind. Und deshalb hoer ich auf. Und um alles zu verwischen, denk ich nur noch an dumme Sachen, dy mit nichts was zu tun haben. Und ich gukk zu ihm rueber und seh sein Verwundern und wy er den ganzen Spam empfaengt. Und er stoehnt genervt und haelt sein Fazit-Monolog. Und es sind fast genau dy gleichen Einweg Gespraeche wy frueher mit meinem BABBA STEINFELS: Man will mich ueberzeugen. Ueberzeugen, auf einem schlechten Weg zu sein: Zu schnell in dy schnelle Richtung. In Richtung: Gemeinschafts-Ruin und Azzozialitaet. Aber so ist es nicht. Nicht ganz. Aber immer stimmt ja auch was. Trotzdem: ich werde mich nicht oeffnen. Nicht vor <u>ihm</u>.

Und darum bestell ich mir eine seiner weiblichen Kolleginnen unter 35, weil: So einer wuerde ich meinen Kopf in den Schozz legen und erzaehlen, was war und was zycht. Und ich wuerde mit ihr reden ueber dy Guenstler und dy Maniacs 1.000.000 und ihre Unterscheidung untereinander. Und wahrscheinlich wuerde sy mich verstehen und mir sogar ein bizzchen dy Hand auf dy Stirn legen oder so. Und ich wuerde von ganz vorne anfangen und ihr erzaehlen,

Abb. 093

Abb. 094

Abb. 095

Abb. 096

wy es alles mit meinen Schwaeche < Kraft-Sensor zu tun hat. Und mit den Grauabstufungen, dy von auzzen kamen und meine Ordnungen zerstoert haben. Und dann auch von DOUBT und ALIEN-THOUGHT und BORDER-FADER. Und ich wuerde ihr dy Funktionen und Techniken meines Schwaeche< Kraft-Sensors genauer erklaeren. Und wy ich durch ihn immer alles gegenueberstellte und alles miteinander verglich: Leute, Positionen, Lebenskonzepte. Und wy ich meinen Sensor irgendwann mizzbrauchte und unfair wurde, weil: Ich grundverschydenes Zeug in ein und dyselbe Waagschale legte. Und wy ich mich selbst irgendwy in dy Hoehe hoch sattelte zu einem Juror vom Tuffnizz- und Krazzheitswettbewerb. Und ich wuerde dy Augen aufmachen und hochgukken und ihre Titten von untern sehen und ihr Kinn und ihre Nasennuezztern plus Haaerchen und Schuppen. Und ich wuerde ihr erzaehlen, wy ich Maniacs 1.000.000 und Guenstler nebeneinander stellte und an Guenstler Maniac-1.000.000-Mazzstaebe anlegte. Und wy ich dy Maniacs 1.000.000 auf dy Guenstler los lyzz. Wy ich 2000 Jahre Wut von den Ketten lyzz. Und natuerlich: Wy dann dyse Sekunde kam, in der ich dy Achtung vor annaehernd jederman verlor, als ich Zeuge wurde, wy eine Hand voll Maniacs 1.000.000 imstande waren, dyser Uebermacht von Guenstlern dy Kehle zuXdurchXtrennen. Mit blozzen Haenden. Mit Willen, mit Wut, mit Dringlichkeit und mit Anspannung. Weils konsequente Master-Menschen sind, dy aus einem Guzz gegozzen wurden und keine Widersprueche und eingebaute Gegensaetze in sich tragen. Und ich wuerde nichts auslazzen und ihr erzaehlen, wy ich zugukkte, als ein paar kleine Vulkaninseln im Ozean Kontinente voll schwacher Scheizze im Wazzer versinken lyzzen. Wy ein paar wenige Ein-Mann-Armeen mit dysem bestimmten Gluehen, ein Paar wenige Maenner, dy eine in sich ge-

Abb. 097

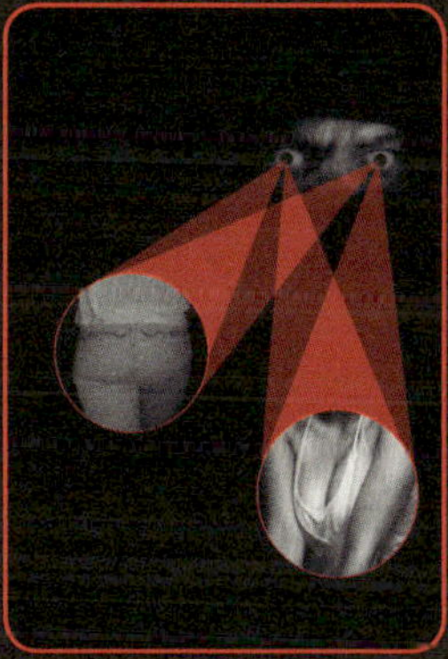

Abb. 098

Abb. 099

Abb. 100

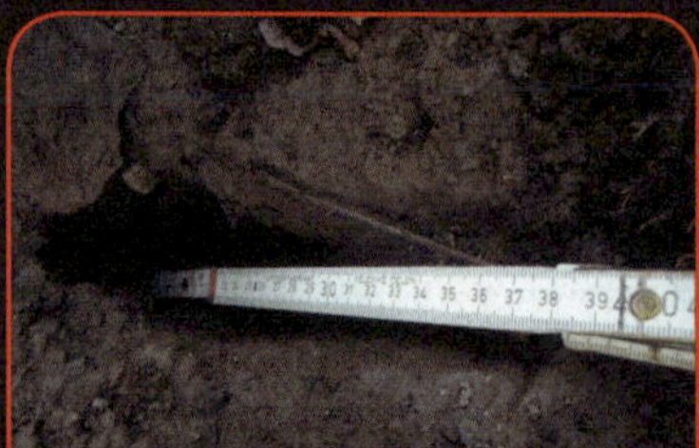

Abb. 101

schlozzene Einheit sind, ausreichten, um jeden einzelnen dyser Guenstler zu beseitigen. Und wy dyse Wuermer keine Chance hatten und wy es war, als sy alle weg waren und dy Welt so vyl aufgeraeumter und uebersichtlicher war. Und ich wuerde ihr ganz genau erklaeren, wy und wyso ich bei meiner Vergleichs-Taktik24 blyb. Bis alles so kam.

Aber dyser junge Weibs-Schozz und dyse Eroeffnung wird mir durch BRAEUNIG verwehrt: Hyr gibt es keine Frau unter 35 und ich soll mich mit ihm begnuegen. Aber das geht nicht. Ich werde mich nicht oeffnen. Nicht vor ihm. Weil: Selbst wenn ich krank waere, wo ist dy Grenze?

Es ist zu spaet! Ist alles schon von BORDER-FADER verwischt und schwammig gemacht worden. Weil: Ich hab auf jeden Fall vyle gesunde Teile in mir. Und BRAEUNIG hat eigntlich vyle kranke Teile in sich, dy er aber, genau so wenig wy ich, krank nennt. Was will er? Seine hoehere Ebene erkenne ich nicht an. Und ich versuch seine Dauer-Signale zu ignoryren: Dazz ich der Kranke bin, der, der was verkakkt haette und dazz seine Position dy gesunde sei, dy, dy alles richtig mache. Weil: So ist es nicht.

-

27.

Und aus seinem Luegenmaul kommen Luegen raus. Dy ganze Zeit. Und er uebertreibt und kommt nicht klar und redet von: Resozialisyrung und Arbeitsmarkt und Alltags-Struktur und Sinnstiftung und will mich in seine Abhaengigkeit sumpfen und mich moneypolyren und gehirnfikken und mich fuer seine Scheizze-Zwekke einsetzen. Und ich spyl mit und mach eine ehrlich Einsicht und entschuldige mich, dazz ich frueher schwul als Synonym fuer schwach benutzt habe. Und dann uebertreib ich und erzaehl, wy ich mich aendern und bezzern will und so. Aber Huren-BRAEUNIG erkennt meine schlechten Luegen und meine Schauspylerei als schlechte Luegen und Schauspylerei und blokkt und gibt kontra. Und ich weizz nicht, was mich verraet. Weil: Wenn ich was leise bei mir denke, hoert er es irgendwy und reagyrt und hat immer dy Vorderhand. Und ich weizz ny, was er alles weizz. Und ich weizz ny sofort, was es bedeutet, was ich selber denke oder sage. Und wenn er sich dann ploetzlich eine Notiz macht und so. Und er erkennt meine schlechten Luegen und meine Schauspylerei als schlechte Luegen und Schauspylerei und blokkt und gibt kontra. Und ich kakk ab und muzz wenden und umdenken. Und fang noch einmal an. Und dysmal schaff ichs: Er bricht das Gespraech ab und verschwindet und schlaegt dy Tuer hinter sich, nachdem ich ihn immer Dr. Mengele nenne und in meinem Kopf Gedanken formulyre, was ich eines Tages mit seiner Tochter machen werde und so. Und ich muzz grinsen, weil irgendwy komm ich durch dy billigen Provokationen immer zum Erfolg und bin so erfolgreich.

Aber nur kurz. Weil sofort folgt dy Sorge. Weil: BRAEUNIG hat dy Vorderhand und ist am laengeren Hebel. Weil: Ich weizz, dazz er mit meinem BABBA STEINFELS chillt und sich austauscht und sy eine Allianz gegen mich aufgebaut haben. Und ich hab keine Beweise, aber den starken Verdacht, dazz auch mein Ex-Partner vom U.N.M.M. DOMINIK in dyser Allianz gegen mich kaempft. Ich hab keine Beweise, aber ich weizz es, weil ich im Stande bin, zwischen den Zeilen zu lesen. Also: Glaub BRAEUNIGS Schundschriften kein Luegenwort. Achtung: Er schikkt sy elektronisch. Weltweit.

-

Abb. 102

Abb. 103

Abb. 104

Abb. 105

Abb. 106

Abb. 107

Abb. 108

28.

Und weil ich nichts machen kann: und noch nicht mal richtig denken kann: chill ich. Und bin wyder im Bett und gukk nur rum. Und dreh meine kleine abgebrochene Metalllasche vom Kugelschreiber zwischen den Fingern. Und damit irgendwas los ist: Dreh ich den Wazzerhahn auf und lazz das Wazzer ins Bekken rauschen und ich lyg auf dem Bett und dreh mein Metall und gukk dem Strahl zu und dann mach ich dy Augen zu und gukk weiter zu. Und das Wazzerrauschen schwimmt und rauscht und ich zoom ran und gukk genau und sehe, wy es erst auzzyht wy Eis, aber dann weizz ichs: Es sind Kristalle. Es sind: klare Kristalle voller Struktur und Ordnung und klar abgestekkten Grenzen: Von BORDER-FADER uebersehen. Ha! Und man kann genau erkennen, welche Felder mit welchen benachbart sind. Und mir wird alles bestaetigt. Und ich verstehs. Und alles ist klar. Und schon immer hatte ich recht. Und ich mach Klakk dy Augen auf: voller Klarsicht. Aber genau dann: klopft was. Und es klopft von mehreren Seiten und ich hoers und kryg alles mit. Und raus stellt sich: Im Zimmer links von mir sitzt MONTE aus Spandau75 mit geschlozzenen Augen und laufendem Wazzerhahn. Und rechts von mir sitzt DIRTY aus Reinikkendorf51 und macht auch dasselbe und wir klopfen uns Klopfzeichen durch dy weizzen Rohre, aber keiner von uns kann das Morsealphabet und deshalb klopfen wir einfach so irgendwas und schreien und bruellen Graffiticodes und Postleitzahlen durch dy Betonmauern. Und dy Umstaende verbinden uns und wir machen Klopf- und Bruellverneigungen und verstehen uns und laestern bruederlich gegen haezzliche Reude da drauzzen.

– Stell ich mir vor.

Aber raus stellt sich: Mizzverstaendliches: Sy sinds

nicht und da sind nur irgendwelche dummen Klopfmongos in den Hinterstuben mit denen Kommunikation sinnlos ist. Und ich lyg da und kratze M.T. mit meinem kleinen Metallstuekk in dy weizze Wand, weil: Alles ist leer und ich fuehl mich so leer. Und mein heizzer Koerper faengt an zu schmelzen und verformt sich zu einem weichen Hauthaufen. Und ich lyg knochenlos auf dem Bett und bin nur noch Glibber. Aber trotzdem klopfts weiter, aber ich lazz es unbeantwortet und dann wirds schwaecher und mit immer laengeren Pausen, bis es ganz wegstillt. Und ich hokk als Glibber unter meiner braunen Land-Berlin-Dekke plus weizzen Laken und starre und da sind keine Partner oder Mitstreiter und der Abkakk kommt grozz.

– Aber nur kurz.

Weil: Damit was los ist, zischt weiter Wazzer ins Bekken. Aber ich gukk nicht zu: Ich hoer nur. Und mein Glibberkoerper verfestigt sich langsam wyder. Und mit zuen Augen und einem immer noch ein bizzchen verformten Koerper steh ich auf und taste mich zum Wazzerhahn und mach ihn aus und wyder an. Und dann: An, aus, an, aus, an, aus, und dann schneller. Und ich hoer: Tsch, aus, tsch, aus, tsch, aus plus Abfluzzgeglukkse. Und ich hoer genau. Und dann zoomts von meinem Scheitel nach oben zuruekk und durch dy Dekke und aus dem Gebaeude raus und man syht Berlin und dann Berlin und Brandenburg, dann Europa und dann alles. Weil: Ich kenn das Geraeusch genau: Von meinem windschnittigen Flugfahrzeug. Und ich bin drin und steh kolibrimaezzig in der Luft. Und aus meinem Unterverdekk fahren wyder meine Erdbohrer plus Wazzerpumpen und Kuehlwazzerspritzung aus. Und ich sitz im Cokkpit vor den blinkenden Knoepfen. Schwebend. 20 Zentimeter ueber meiner Endloswuestenflaeche und bohre: Tsch, aus, tsch, aus, tsch, aus plus Pumpengeglukkse. Und dy Geschichte laeuft im Kino und das Strikkmuster ist klar und man weizz, was pazzyrt: Es kommt zu einem Zwischenfall: Ein illegaler Grenzuebertritt: Ein fremdes Flugfahrzeug taucht auf, das meinem sehr aehnelt. Und ich zyh meine Erdbohrer ein und gukk und schyzz nicht sofort, weil: Ich wizzen will, wer das ist. Und ich schikke elektronische Drohbotschaften in das andere Flugfahrzeug rueber und zwinge den Insazzen zum Auzzteigen. Und der Insazze steigt aus, und dy Staubwolke verzyht sich in Zeitlupe und es ist: Meine Traumfrau. Und sy kommt ran, auch in Zeitlupe und nimmt ihren Helm ab und schwingt und wakkelt mit allem was sy hat: Gutes Gesicht. Gute Taille. Guter Po. Brueste scheinbar gut. Beine lang und O.K.

Und sy lybt mich auch.

Und wir symbiosyren sofort.

Und ich kenn das Geraeusch genau.

-

29.

Und ich bin auf Zimmer und lyg auf dem Bett und starr hoch und kann nicht mal richtig denken. Aber ich denk trotzdem. Ich denk nach, ueber dy geebnete helle Flaeche in der Zukunft, dy ich brauche. Dy Flaeche, dy auzzyht wy ein glatter, jungfraeulicher Wazzerpool. Meine schoene, private Wuestenflaeche ohne Huegel und Duehnen, dy mir alles erlaubt und am wenigsten einschraenkt. Und ich ueberlege, wy ich zu ihr kommen kann, wy ich es schaffen kann, meine Sachen zu machen, wenn alle weiteren Auzzichten trueb sind und bewoelkt mit Minus-Kaelte und Kakke. Weil: Irgendwy muzz es gehn. Weil: Es ist wichtig. Und du weizzt: Meine Sache muzz gemacht sein. Weil: Es ist dy einzig wahre

Wahrhaftung. Und ich werde es schaffen, weil: ich weizz: Mitten in dyser vernetzten, verengten Kakk-Welt ohne Geheimnizze, aber voller Fremd-Realitaet und Fremd-Kontrolle und ALIEN-TOUGHT, gibt es sy: Dy wahren Gees. Und ich kann das auch. Weil: Ich gehoere zu ihnen. Ich gehoere mit den 1.000.000 unbekannten Maniacs in dy Liste der Eigen-Visionaere. Weil: gukk: Ich schaff es.

-

30.

Und es ist stimmt nicht, aber Huren-BRAEUNIG hats angeblich schon am Anfang gesagt, aber nach Wochenzeiten stellt sich raus, dazz das hyr freiwillig ist. Eingefaedelt von angeblich vertauenswuerdigen mir nahe stehenden Personen aka Verraeterratten. Und ich komm nicht mehr klar, weil: Irgendwy verachte ich mich selbst, weil: Ich bin nicht mehr der alte, weil: Ich bin so moneypulyrbar und mein Kopf ist so veralienthoughtet.

Ihnen steht es natuerlich jeder Zeit frei unsere Einrichtung wyder zu verlazzen, auch wenn ich es Ihnen zum jetztigen Zeitpunkt auf keinen Fall raten wuerde.

Und ich frag ihn, ob das auch fuer THEO gilt und er gukkt nur reudig geheimnizzvoll wizzend und sagt nichts. Und ich wende mich weg und fokuzzyr aufs Wesentliche und reizz mich zusammen und bin stark. Wy frueher. Weil: Fuer mich gab es ny Pflichten oder Fremdkontrolle. Und ich mach, was ich will und geh sofort. Absatzkehrtwendung.

Und bin wyder drauzzen.

-

Abb. 109

25
7
13

31.

Aber ohne Fremdstruktur und Drukk und Reude von drinnen ist mein Tagesablauf gleich wyder verborderfadet. Weil Struktur ist Grenzzyhung mit Zeit. Und jede Aufgabe hat ihre Zeit und nichts ueberlappt. Aber weil: Struktur auch das Gegenteil von Freiheit ist, muezzte jedes Teil in ihr beweglich sein. Zum hin- und herschyben. Und genau bei dysem Gedanken klingelt das Telefon und ich hab einen Termin. Zum in den Kalender eintragen. Weil: Mein BABBA klingelt am Telefon und will chillen und Kaffee trinken. Und weil: Allianzen aus der Ferne manchmal so warm und fest auzzehen, versuch ich den Versuch noch ein letztes mal und sag zu. Und schreib: BABBA 17:00 Uhr in dy Spalte am Donnerstag.

Aber dann am Donnerstag, 17:00 Uhr, ist alles sofort wy immer. Wy frueher. Leider: Versuch: verkakkt. Weil: Noch vor der Begruezzung meint er, ich soll mir gefaelligst sofort dy Nase putzen und fragt, warum ich mich nicht mehr rasyre und nennt mich verwahrlost und meint ich seh scheizze aus. Und ich bin guetig und chille und ignoryr Reude und dekkel den Kopfvulkan zu und raste nicht aus. Und wir trinken Kaffee vorm Baekker Schoenhauser und ein Penner-Junky kommt zu uns an den Tisch und will was von meinem BABBA, der hohe Schultern macht und sich weg dreht. Und als der Typ wyder weg ist, gukk ich und rede positiv von Rausch und kurzem konstruyrten Gluekk und Eigen-Realitaet. Und bin voller Ueberzeugung. Und erzaehl von THEO. Und rede bewundernd-sympatisyrend von Penner-Junkys. Und er kommentyrt negativ-verurteilend und meint, dazz das Illusionen seien. Und nur vorgespyltes Gluekk. Und keine Realitaet. Und mein Stuhl faehrt sofort einen halben Meter von ihm weg und unsere Distanz wird groezzer: Jede Minute 5 Zentimeter mehr. Weil: Ich weizz, dazz es so was nicht gibt. Und sich jeder Eigen-Realitaeten errichtet. Und deshalb gukk ich ihn an und setz mein Gesicht auf: gelangweilt, unglaeubig, mitleidig: Wy zu einem 5-Jaehrigen, der zu offensichtlich luegt. Und mein Kopfvulkan ist staerker als meine Zudekkelung und ich frag, was denn bitte vorgespyltes Gluekk sei. Und er redet von Leuten, dy nichts mehr unter Kontrolle haben, und sich in einen Spylball aeuzzerer Umstaende verwandelt haben. Und ich denk an THEO und seine THEO-Theoryn und Wut steigt und ich frag, ob er das ernst meint. Weil: Ich weizz, dazz jeder spylbaellig und kontrolllos ist auf dysem Drekks-Planeten rum irrt. Auzzer mir, eines Tages, wenn ich erstmal fertig bin: KEVINKEMTER- Freiheitskaempfer, original Paradis-Parasid. Und unser Kaffee-Treffen ist verkakkt und nichts geht mehr. Und wir trennen uns im Streit: Part 721.

-

32.

Zuhause ueberleg ich wyder, wy ich zu ihr kommen kann. Zu meiner schoenen, geebneten Wuestenflaeche. Und ich ueberleg. Weil: Alle 9 Flaechen, dy in Auzzicht stehen, haben Huegel und Duehnen und keine ist glatt. Und alle 9 Optionen mit den wenigsten Abhaengigkeiten, transformyren sich beim nahen Pruefblikk immer sofort zum Kerkersumpf und sind voller Abhaengigkeiten und Reude:

Option Nr. 1: Normaler Arbeiter plus Freizeit-Guenstler.
Option Nr. 2: Profezzioneller Gunstmarkt-Guenstler + Maezen.
Option Nr. 3: Krimineller Gee.
Option Nr. 4: Hartz 4ler.

Abb. 112

Abb. 113

Option Nr. 5: Ewiger in Tegel.
Option Nr. 6: Fruehrentner.
Option Nr. 7: Zych in Gewahrsam.
Option Nr. 8: Penner im Dauerrausch
Option Nr. 9: Selbstversorger im Grunewald.

Und im Kopf, spyl ich alles durch und fall in mein altes Muster. Weil: Ich scheizz auf BORDER-FADER. Und ich vergleich und sortyr alles nach: Freiheit / Selbstbestimmung / Unabhaengigkeit / Komfort / Zeit und Effyzynz. Und heimlich und nur zu ganz kleinen Teilen flyzzen auch: Bestaetigung / Wertschaetzung meiner Arbeit und finanzylle Sicherheit in dy Rechnung mit ein. Und im Kopf, spyl ich alles durch und denke: Es muzz irgendwy eine Kombination sein, vylleicht verschydene Optionen zusammen. Weil: Irgendwy muzz es gehen. Weil: Fakt ist: Ich will weiter saugen. Saugen und schmotzen: Deutsche Milch aus Deutschlands Bruesten. Weils schmekkt.

-

33.

Und es wird wahr und ich schaffs und werde eins. Und es gibt nur noch Eigen-Realitaet und keine Verstellung und Zersplitterung und inneren Kaempfe. Weil: Der Abkakk-Schwarzer-Peter ist zu fast 100% fremden Bemitleidenswerten untergeschoben. Von ganz allein und ohne mein Zutun. Und DOUBT und ALIEN-THOUGHT und BORDER-FADER sind fuer immer weg und terrorisyren jetzt fremde Bemitleidenswerte. Und dy Struktur ist Fremdstruktur und fest und unbeweglich, aber akzeptabel, da hoechstpersoenlich ausgewaehlt. Aus 72 Option-Kombinationen. Und von mir wird nichts verlangt werden. Und mein Raum wird weizz geheizt sein und mein Bett wird da stehen: hart bezogen. Und ich werde mich raufsetzen und wippen und chillen und atmen. Und ich werde aufstehen und zur Klingel gehen und Alarm schlagen und um Stift und Papyr bitten, mit sanfter, entsteinerter Jesus-Stimme. Und meine Koerpersprache wird offen sein und meine Handflaechen werden nach auzzen zeigen. Und man wird mir sagen, dazz ich mich gedulden soll, weil: Erst kommt Ezzen mit Petersilie garnyrt und es wird schmekken und ich ezz alles weg. Und wenn das Tablett und das benutzte Geschirr wyder abgeholt wird, kommt A4-Papyr, ein linyrter 120-Blatt-Blokk und 2 blaue Kugelschreiber mit dem Zeroqual-Logo drauf.

Und ich werde mich bedanken und nikken und nett zwinkern und mich an den Tisch setzen und dy 1. Seite anfangen. Und man wird mich machen lazzen und nur zum Ezzen stoeren. Und: Fump, dy 1. Seite ist fertig. Eine King-Bcichnung. Signyrt, datyrt, nummeryrt: Hoechstpersoenlich. Und: unters Kopfkizzen.

Und gukk: Wy sy dich fikkt.

Zu krazz.

-

34.

Und so wird es sein.

-

Abb. 114

Abb. 115

35.

Aber nicht fuer immer. Weil: Der Zeitpunkt kommt. Und es spiralt und geht immer weiter. Und von vorne: Kapitel 1.

-

THEO: Vylleicht lyst du das.

Eitel, wy ich bin, hinterlazze das hyr, aber vylleicht ist es Frust und Drekk genug …

Peace

-

INDEX.

115 BILDBEWEISE FUER DEN TUFFNIZZ- UND KRAZZHEITSWETTBEWERB

ABB. 001	**O.T. (06. 12. 2012)**	20 X 28,3 CM
ABB. 002	**O.T. (12. 08. 2013)**	21 X 27,7 CM
ABB. 003	**DEM SCHLACHTSCHIFF NICHTS DAGEGEN SETZTEN KOENNEN**	GEE-PRINT GROEZZE VARIYRT
ABB. 004	**EIN MONUMENT FUER DY EWIGKEIT. UNKAPUTTBAR**	GEE-PRINT GROEZZE VARIYRT
ABB. 005	**O.T. (11. 09. 2012)**	15 X 21 CM
ABB. 006	**O.T. (04. 02. 2013)**	4,3 X 19,5 CM
ABB. 007	**O.T. (23. 07. 2013)**	23,9 X 24,5 CM
ABB. 008	**O.T. (04. 02. 2013)**	4,3 X 20,4 CM
ABB. 009	**O.T. (10. 05. 2013)**	21 X 29,5 CM
ABB. 010	**O.T. (13. 11. 2012)**	9,8 X 6,5 CM
ABB. 011	**O.T. (11. 12. 2013)**	29,2 X 39,6 CM
ABB. 012	**O.T. (21. 10. 2013)**	18 X 29,5 CM
ABB. 013	**O.T. (04. 09. 2013)**	21 X 29,7 CM
ABB. 014	**O.T. (16.11. 2012)**	27,9 X 28,3 CM
ABB. 015	**POWER BALLS PUNKTGENAU**	GEE-PRINT GROEZZE VARIYRT
ABB. 016	**O.T. (15. 11. 2012)**	21 X 29,6 CM
ABB. 017	**DY GUENSTLERIN PRAESENTYRT IHRE INTEREZZANTEN ERFAHRUNGEN**	GEE-PRINT GROEZZE VARIYRT
ABB. 018	**O.T. (09. 12 2012)**	16,4 X 24 CM
ABB. 019	**O.T. (09. 12 2012)**	16,4 X 24 CM
ABB. 020	**O.T. (19. 07. 2013)**	21 X 29,5 CM
ABB. 021	**O.T. (17. 07. 2013)**	21 X 29,5 CM
ABB. 022	**O.T. (19.08.2013)**	34, X 59,5 CM
ABB. 023	**O.T. (02.10. 2013)**	27 X 40 CM

ABB. 024	**KRAFTFAHRZEUG 1 + BESITZER 1**	GEE-PRINT GROEZZE VARIYRT
ABB. 025	**KRAFTFAHRZEUG 2 + BESITZER 2**	GEE-PRINT GROEZZE VARIYRT
ABB. 026	**O.T. (20. 10. 2013)**	16,5 X 25 CM
ABB. 027	**O.T. (22. 03. 2013)**	10,5 X 15 CM
ABB. 028	**UND ES FLIEGET UND SUMMT AUF KOSTEN DERER**	GEE-PRINT GROEZZE VARIYRT
ABB. 029	**DY ANZYHUNG SPIRALT. WEIL: ES GEHT WYDER LOS**	GEE-PRINT GROEZZE VARIYRT
ABB. 030	**O.T. (22. 08. 2012)**	14,9 X 21 CM
ABB. 031	**O.T. (19. 08. 2012)**	20,7 X 14,8 CM
ABB. 032	**O.T. (18. 07. 2013)**	20 X 24 CM
ABB. 033	**O.T. (26. 12. 2013)**	24,5 X 45,5 CM
ABB. 034	**UND KLAR WIRD: ICH GEHOER NICHT ZU DENEN**	GEE-PRINT GROEZZE VARIYRT
ABB. 035	**ICH SCHAFFS**	GEE-PRINT GROEZZE VARIYRT
ABB. 036	**O.T. (21. 01. 2013)**	21 X 29,5 CM
ABB. 037	**O.T. (21. 06. 2013)**	21 X 29,7 CM
ABB. 038	**O.T. (11. 04. 2013)**	29,5 X 42 CM
ABB. 039	**O.T. (16. 07. 2013)**	21 X 29,5 CM
ABB. 040	**O.T. (27. 08. 2012)**	21 X 29,6 CM
ABB. 041	**O.T. (03. 01. 2013)**	8,1 X 27,7 CM
ABB. 042	**O.T. (12. 03. 2013)**	19 X 28,8 CM
ABB. 043	**O.T. (10. 05. 2013)**	29,7 X 21 CM
ABB. 044	**O.T. (27. 10. 2013)**	20,5 X 29,5 CM
ABB. 045	**O.T. (25. 10. 2013)**	20,5 X 29,5 CM
ABB. 046	**O.T. (28. 10. 2013)**	18,5 X 29,5 CM
ABB. 047	**O.T. (16. 10. 2013)**	16,5 X 25 CM
ABB. 048	**O.T. (16. 08. 2013)**	47,5 X 24,5 CM
ABB. 049	**O.T. (25. 09. 2013)**	22 X 27 CM

ABB. 050	**DY KAEMPFER KAEMPFEN AUF LEBEN UND TOD**	GEE-PRINT GROEZZE VARIYRT
ABB. 051	**KREATUR GEGEN KREATUR**	GEE-PRINT GROEZZE VARIYRT
ABB. 052	**O.T. (14. 12. 2012)**	26,3 X 27 CM
ABB. 053	**O.T. (06. 03. 2013)**	15 X 14 CM
ABB. 054	**O.T. (30. 03. 2013)**	20 X 28,7 CM
ABB. 055	**O.T. (29. 12. 2012)**	29,6 X 21 CM
ABB. 056	**O.T. (03. 09. 2013)**	29,5 X 21 CM
ABB. 057	**O.T. (26. 07. 2013)**	20,5 X 24,5 CM
ABB. 058	**O.T. (09. 12. 2012)**	11,1 X 17,5 CM
ABB. 059	**O.T. (12. 12. 2013)**	29,5 X 41,7 CM
ABB. 060	**EIN FREMDES FLUGFAEHRZEUG DAS MEINEM SEHR AEHNELT**	GEE-PRINT GROEZZE VARIYRT
ABB. 061	**WEIL: FREMDE HABEN MEINEN STAUDAMM GEOEFFNET**	GEE-PRINT GROEZZE VARIYRT
ABB. 062	**O.T. (27. 12. 2012)**	30 X 33,7 CM
ABB. 063	**O.T. (29. 12. 2012)**	14,7 X 15,2 CM
ABB. 064	**DER BOLLO WILL LENKEN UND LEITEN**	GEE-PRINT GROEZZE VARIYRT
ABB. 065	**WEIL: DY GROEZZE VARIYRT**	GEE-PRINT GROEZZE VARIYRT
ABB. 066	**O.T. (30. 09. 2013)**	21,9 X 27 CM
ABB. 067	**O.T. (18. 08. 2013)**	24,5 X 24 CM
ABB. 068	**O.T. (14. 11. 2013)**	20,7 X 29,5 CM
ABB. 069	**O.T. (18. 01. 2013)**	12,4 X 16,5 CM
ABB. 070	**O.T. (16. 07. 2013)**	21 X 29,5 CM
ABB. 071	**DER DIKKE BRUMMER DARF HYR NICHT LANG FLYGEN**	GEE-PRINT GROEZZE VARIYRT
ABB. 072	**O.T. (14. 08. 2013)**	24,5 X 24 CM
ABB. 073	**O.T. (30. 12. 2012)**	29,8 X 34 CM

ABB. 074	O.T. (25. 07. 2013)	24,5 X 24 CM
ABB. 075	O.T. (21. 11. 2013)	24 X 33 CM
ABB. 076	O.T. (14. 11. 2013)	20,7 X 29,5 CM
ABB. 077	O.T. (17. 11.2013)	21 X 29,5 CM
ABB. 078	O.T. (14. 11. 2013)	20,7 X 29,5 CM
ABB. 079	O.T. (20. 10. 2013)	16,5 X 25 CM
ABB. 080	O.T. (06. 09. 2013)	21 X 29,5 CM
ABB. 081	O.T. (16. 07. 2013)	21 X 29,5 CM
ABB. 082	O.T. (17. 07. 2013)	21 X 29,5 CM
ABB. 083	WUERDE ER AUF SEINER VERANDA SITZEN	GEE-PRINT GROEZZE VARIYRT
ABB. 084	DY GROZZE ENTSPANNUNG	GEE-PRINT GROEZZE VARIYRT
ABB. 085	O.T. (16. 07. 2013)	21 X 29,8 CM
ABB. 086	O.T. (03. 09. 2013)	21 X 29,7 CM
ABB. 087	O.T. (25. 07. 2013)	24,5 X 24 CM
ABB. 088	O.T. (28. 02. 2013)	29,5 X 41,6 CM
ABB. 089	SCHABUNG FAEHRT AUS UND SCHABT	GEE-PRINT GROEZZE VARIYRT
ABB. 090	O.T. (22. 04.2013)	21 X 29,6 CM
ABB. 091	O.T. (10. 07. 2013)	21 X 29,6 CM
ABB. 092	O.T. (13. 01. 2013)	23 X 34 CM
ABB. 093	O.T. (22. 03. 2013)	10,5 X 15 CM
ABB. 094	O.T. (22. 03. 2013)	10,5 X 15 CM
ABB. 095	O.T. (07. 04. 2014)	15 X 21 CM
ABB. 096	O.T. (19. 03. 2013)	13,4 X 21 CM
ABB. 097	O.T. (27. 05. 2013)	18,5 X 35 CM
ABB. 098	ZYLE WERDEN AUSGETAUSCHT. NEU VERKNUEPFT	GEE-PRINT GROEZZE VARIYRT
ABB. 099	O.T. (22. 03. 2013)	10,5 X 15 CM
ABB. 100	SCHWAECHE > KRAFT SENSOR IM RADARMODUS	GEE-PRINT GROEZZE VARIYRT

ABB. 101	WEIL: DAS LOCH GENAU 30 CM TYF IST	GEE-PRINT GROEZZE VARIYRT
ABB. 102	O.T. (21. 02. 2013)	29,6 X 41,8 CM
ABB. 103	DY NICHT AUSZUHALTENDE ENGE IST ZU ENG	GEE-PRINT GROEZZE VARIYRT
ABB. 104	DY LAND BERLIN DEKKE STINKT NACH ALTEM RAUCH	GEE-PRINT GROEZZE VARIYRT
ABB. 105	O.T. (29. 08. 2012)	18 X 22 CM
ABB. 106	POWER BALL TRIFFT GENAU (GENAU INS AENGSTLICHE AUGE)	GEE-PRINT GROEZZE VARIYRT
ABB. 107	O.T. (19. 05. 2013)	21 X 29,3 CM
ABB. 108	VOM PFUSCH IST NICHTS MEHR ZU SEHEN	GEE-PRINT GROEZZE VARIYRT
ABB. 109	O.T. (03. 01. 2013)	30 X 34 CM
ABB. 110	O.T. (23. 07. 2013)	24 X 24,5 CM
ABB. 111	WEIL: ICH BIN SCHNELL.	GEE-PRINT GROEZZE VARIYRT
ABB. 112	O.T. (04. 03. 2013)	19 X 23,5 CM
ABB. 113	O.T. (20. 02. 2013)	25,4 X 35,9 CM
ABB. 114	O.T. (27. 05. 2013)	21 X 29,5 CM
ABB. 115	DURCH ALLE BETONMAUERN	GEE-PRINT GROEZZE VARIYRT

IMMORTAL-DEAD SOON III, MANIAC 1.000.000 EIGENFIKKUNG erscheint als Publikation des **KORBINIAN VERLAGS** Berlin in seiner 1. Auflage von 750 Exemplaren.

DAS LEKTORAT Katharina Holzmann
DIE GESTALTUNG & DER SATZ STUDIO BENS
DER ORIGINALENTWURF Antonia Terhedebrügge
DIE SCHRIFT Noe Text & Noe Display & Favorit
DAS PAPIER Munken Print White
DER DRUCK medialis Offsetdruck GmbH
DER ORT gedruckt in Berlin, Deutschland
DIE VERANSTALTUNGEN & DIE PRESSE Sascha Ehlert (sascha@korbinian-verlag.de)
DER VERTRIEB David Rabolt (david@korbinian-verlag.de)

ISBN 978-3-9821220-0-7